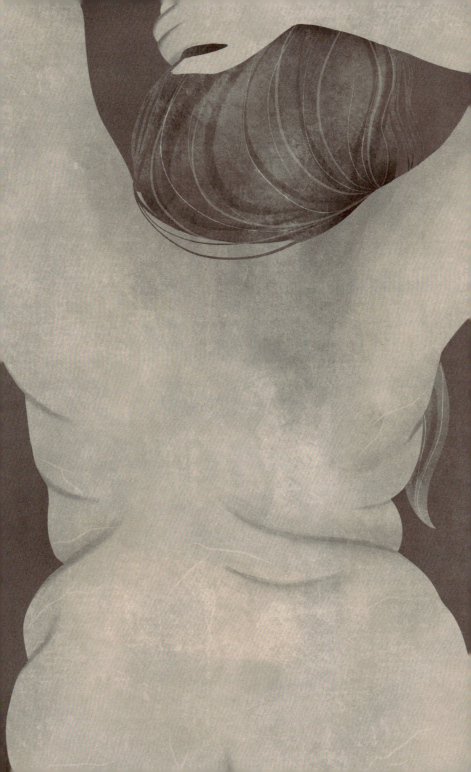

Para Ana, com Amor

LARISSA SIRIANI

Copyright © 2023 by Editora Globo S.A
Copyright do texto © 2023 by Larissa Siriani

Publicado mediante acordo com Increasy Consultoria Literária.

Todos os direitos reservados. Nenhuma parte desta edição pode ser utilizada ou reproduzida — em qualquer meio ou forma, seja mecânico ou eletrônico, fotocópia, gravação etc. — nem apropriada ou estocada em sistema de banco de dados sem a expressa autorização da editora.

Editoras responsáveis **Veronica Gonzalez e Paula Drummond**
Editora assistente **Agatha Machado**
Assistentes editoriais **Giselle Brito e Mariana Gonçalves**
Preparação de texto **Rodrigo Austregésilo**
Diagramação e design de capa **Carolinne de Oliveira**
Projeto gráfico original **Laboratório Secreto**
Ilustração de capa **Lovemaltine | Ariane Freitas**

Texto fixado conforme as regras do Acordo Ortográfico da Língua Portuguesa (Decreto Legislativo nº 54, de 1995)

CIP-BRASIL. CATALOGAÇÃO NA PUBLICAÇÃO
SINDICATO NACIONAL DOS EDITORES DE LIVROS, RJ

S634p

    Siriani, Larissa
        Para Ana, com amor / Larissa Siriani. - 1. ed. - Rio de Janeiro : Alt, 2023.

    ISBN 978-65-85348-10-2

    1. Romance brasileiro. I. Título.

23-85030   CDD: 869.3
                                              CDU: 82-31(81)

Gabriela Faray Ferreira Lopes - Bibliotecária - CRB-7/6643

1ª edição, 2023

Direitos de edição em língua portuguesa para o Brasil
adquiridos por Editora Globo S.A.
R. Marquês de Pombal, 25
20.230-240 – Rio de Janeiro – RJ – Brasil
www.globolivros.com.br

Para Sara e Antônia, por todas as histórias que nunca vão ler.
Para Maria Clara, por todas as histórias que descobriremos juntas.

Nota da Autora

Este livro não é um romance.

Para Ana, com amor nasceu de lugares escuros. Quando comecei a escrevê-lo, em 2015, estava começando a enfrentar uma verdade dura sobre mim mesma: que meu relacionamento com meu corpo, com a minha imagem e com a comida não eram normais. Apenas muitos anos de acompanhamento psicológico e psiquiátrico me permitiram dizer as palavras *transtorno alimentar*, e, mesmo hoje, não é na sinceridade brutal dos termos técnicos que me incomodo, mas sim nos momentos em que me reconheço na dor que há nas entrelinhas.

A jornada que convido você, leitore, a trilhar com a Duda é cheia de altos e baixos. Ela fere o próprio corpo mental e fisicamente, através de termos agressivos, compulsão e atos de expurgo. O declínio dela é também o de todos nós, que, lendo em primeira pessoa, às vezes não sabemos dizer onde acaba a dor do personagem e começa a nossa.

Se você se identificar com as dores da Duda, não tenha medo de fechar este livro e buscar ajuda. Essa história ainda estará aqui quando — e se — você estiver pronte para ela.

Para Ana, com amor

Converse com alguém próximo ou um professional capacitado. Se precisar de ajuda, busque o GATDA ou o Ambulim, ambos listados abaixo. Respeite seu tempo e seu processo.

Com amor,

Larissa

- GATDA: Grupo de Apoio e Tratamento de Distúrbios Alimentares | http://gatda.com.br/

- Ambulim: Programa de tratamento de transtornos alimentares do Hospital das Clínicas da Faculdade de Medicina da Universidade de São Paulo | https://ambulim.org.br/historia/

This is a story that I have never told
I gotta get this off my chest to let it go[*]

"Warrior" — Demi Lovato

---

[*] *Esta é uma história que eu nunca contei / Preciso tirá-la do meu peito para me libertar*

Capítulo 1

Trinta e duas horas, vinte minutos e trinta e sete segundos. Trinta e oito. Trinta e nove.

É meu recorde. Mas ainda não é o suficiente.

Desço as escadas, ofegante, até a academia do prédio. Está vazia, como sempre naquela hora da manhã. Prefiro assim. Já tem gente demais me olhando no dia a dia — as pessoas na rua, o reflexo no espelho, minha mãe depois que minha melhor amiga fez fofoca a meu respeito. Só aqui consigo ter paz.

Ligo a esteira e corro.

Corro para silenciar os gritos da minha barriga e o desespero da minha mente.

Corro para fugir dos julgamentos, dos olhares, de mim mesma.

Corro para desaparecer.

Os cantos da minha visão ficam turvos, o ar some dos meus pulmões e eu flutuo, sozinha, correndo em direção ao abismo.

Querida Ana,

Eu não posso mais escrever para você. Na verdade, sequer deveria estar escrevendo agora. Todos me disseram que devo me afastar, e é isso o que estou fazendo — ou o que estou tentando fazer.

Mas a verdade, Ana, é que sinto sua falta. Todos os dias, me lembro das coisas boas que a nossa amizade me trouxe. Todos os dias, me lembro de como me sentia bem com você. Todos os dias me pergunto por que estão nos afastando.

Estou me sentindo tão sozinha, Ana. Ninguém me entende tão bem quanto você. Sei que para os outros isso pode parecer loucura — como posso sentir falta de quem me fez tão mal? —, mas a vida tinha mais sentido com você. Não sei exatamente onde estou agora, para onde devo seguir. Segurei a sua mão por tanto tempo, confiei que você saberia o caminho. Não sei se sou capaz de andar pelas minhas próprias pernas.

Ana. Ah, querida Ana. Estou com saudades.

Com amor,
Duda

Capítulo 2

Hoje, meu psicólogo me mandou escrever três verdades sobre mim que preciso aceitar.

1. Eu sou forte;
2. Eu não preciso ser magra;
3. Eu mereço amor.

Escrevi o que imaginei que ele quisesse ler. É isso o que se espera.

Não acredito em nada disso. Nem por um segundo.

Capítulo 3

> ~~Café da manhã.~~
> ~~Dois copos d'água~~
> ~~Duas torradas com requeijão~~
> ~~Meia laranja~~

Não posso anotar o que como. Não é assim que fazem as Meninas Saudáveis, como minha mãe gosta de chamá-las — as meninas que comem direito, que dormem direito, que não gritam ou surtam por causa de uma garfada a mais. E eu quero ser uma Menina Saudável. Não quero?

Quero?

Estou no meu quarto, me arrumando para o primeiro dia de aula na faculdade. Queria dizer que estou pronta, mas não estou. O espelho da penteadeira exibe meu rosto imenso, as espinhas e olheiras e sardas e cravos e defeitos que não consigo consertar. Os vitrais que enfeitam a parede me deixam quatro, seis, doze, vinte vezes mais gorda.

Sou

patética.

— Filha? Tá pronta?

Mamãe abre a porta de mansinho e põe a cabeça para dentro do quarto. Tomo um susto, mas me recupero rapidamente, na esperança de que ela não note o quanto estou nervosa. Logo percebo que é besteira — mais do que sentir meu nervosismo, minha mãe está apavorada *por mim*.

— Tô — digo, e pego a bolsa que deixei sobre a cama, já arrumada com tudo o que julgo importante para o primeiro dia de aula: caderno, estojo, carteira, uma boa dose de coragem.

— Tem certeza de que quer fazer isso? — Mamãe abre mais a porta e se encosta no batente, me olhando com preocupação. — Não seria melhor esperar mais um semestre? Você ainda está se… — ela faz uma pausa e eu perco o fôlego — … ajustando.

Ajustando. Recuperando. Curando.

Meus lábios tremem e, novamente, penso nisso por um instante. Eu poderia simplesmente deixar passar o semestre, me enrolar nos cobertores e ficar em casa. Não sei se estou pronta para os olhares, para os questionamentos, para as tentações.

Mas então imagino um semestre inteiro em casa com minha mãe, saindo só para a terapia uma vez por semana. Isso não é vida. Respiro fundo. Sou uma Garota Forte — o tipo de garota que tem autocontrole, que tem objetivos, que é capaz de tudo para conquistar o que quer. Garotas Fortes não perdem o primeiro dia de aula. Garotas Fortes dão a volta por cima.

Sou forte. ~~Não preciso ser magra. Eu mereço amor.~~

— Tô pronta.

Pego a bolsa e saio.

Garotas Fortes não têm medo de nada.

Para Ana, com Amor

Capítulo 4

— **Quer uma bala?** — pergunta mamãe, me oferecendo o pacote azul, uma tentação gelada, doce e perigosa.

Perigosa. Muito perigosa. Um docinho tão pequeno poderia facilmente destruir minha meta do dia. Mas não tenho mais uma meta do dia. Mesmo assim, meu estômago se contorce. As balas, de repente, parecem pequenas larvas, nojentas, capazes de me infectar a um só toque.

— Já escovei os dentes — digo, com um sorriso educado, quase tão convincente quanto o que ela me dirige com a recusa. Mamãe guarda o pacote e põe ambas as mãos no volante.

— E então, preparada para o primeiro dia de aula? — pergunta, me olhando de soslaio. Olho para ela, analisando a situação por um segundo, antes de responder. Somos muito parecidas. Minha mãe tem braços gordos e bochechas enormes, quadril largo, barriga marcando a cintura, pescoço grande.

Como eu.

Por que não me incomoda quando vejo meu corpo nela? Por que não consigo olhar para mim mesma como olho para minha mãe?

— Acho que sim — respondo, porque é verdade. Ou talvez seja, se eu repetir vezes o suficiente. Não é assim que mantras funcionam?

— Vai ser ótimo — afirma minha mãe, mais para si própria do que para mim, acredito. — Mas toma cuidado com o trote, hein, filha? Se pegarem pesado...

— Eu te ligo — completo mecanicamente, as palavras vazias de significado. Como quase tudo nesses dias.

Ela para na frente do enorme campus. Penso se sou grande o bastante para caber ali, para preenchê-lo por inteiro. Estou descendo do carro quando ela segura minha mão e sussurra:

— Seja forte.

Vou ser, mãe. Hoje vou ser.

Capítulo 5

Atravesso os portões e me deparo com um prédio enorme. Muita gente passa por mim conversando, rindo, vivendo. Ninguém fala, olha ou sorri para mim.

Aqui não sou ninguém. Aqui posso ser quem eu quiser.

Num imenso mural, encontro a grade horária para o primeiro semestre de biomedicina. A primeira aula é bioquímica, seguida de sociologia e saúde. Uma ótima segunda-feira. Saio à procura da primeira sala.

Passo por um corredor de pessoas famintas. Elas se agarram aos seus pães e sucos e cafés e sanduíches como eu me agarro à minha vida. Ouço o barulho de mastigação; um som rítmico que me persegue enquanto ando: alto, mais alto ainda. Mal consigo ouvir meus pensamentos. Tento me concentrar em outra coisa. Meus passos. Minha respiração.

~~O cheiro de comida~~.

Meu corpo colidindo com o de outra pessoa, sólido como uma parede.

— Opa! — diz ele, virando-se para mim. — Tudo bem aí?

Ele é bonito, mas pálido demais. Alto, de braços longos e esguios, que fazem eu me sentir pequena e inchada. Tem olhos castanhos gentis e uma pequena pinta na bochecha esquerda. Me dou conta de que sua mão está segurando meu cotovelo, como se para garantir que eu não caia, e ele imediatamente me solta. Quanto tempo leva isso? Trinta segundos? Menos? O toque me dá agonia. Por um instante, quase consigo sentir o cheiro do hospital de novo.

— Tudo bem — digo, lutando para manter a voz firme e a cabeça erguida. Antigamente eu era uma força da natureza, mas basta alguém te dizer que você está doente para você se *sentir* doente.

— Certo. — Ele parece se tranquilizar e sorri, um sorriso leve que traz certo brilho aos seus olhos. — É nova aqui, *bichete*? Precisa de ajuda?

Não preciso de ajuda. Estou bem. Estou ótima. Parem de achar que sou incapaz, que não posso fazer nada sozinha, que não sou confiável, que vou estragar tudo, que preciso de alguém. Sou uma Garota Forte. Não preciso de ninguém.

Mas mamãe quer que eu seja uma Menina Saudável, e Meninas Saudáveis aceitam ajuda.

— Preciso — respondo, contrariada. — Sabe onde fica a sala 163?

— Eu te levo até lá. — Ele se oferece, já começando a andar e fazendo sinal para que eu o acompanhe.

Sigo-o pelos corredores ainda confusos da faculdade, já não sabendo de onde vim ou para que lado é a saída. É mais fácil me distrair do entorno estando acompanhada, e me pego contando passos enquanto seguimos. Um, dois, dez, quinze. Ele tem pernas longas, e preciso dar duas passadas para acompanhar uma dele. Logo estou correndo para acompanhá-lo.

Para Ana, com Amor · **19**

— Então, biomedicina, certo? — fala o rapaz, de repente, me interrompendo no número dezoito.

— Como você sabe? — pergunto, franzindo o cenho.

— A sala 163 é um laboratório — diz, e então me olha de cima a baixo. — Eu diria odonto, mas todas as bichetes de odonto parecem modelos de grife, e isso não parece bem a sua cara.

Fico corada, tomada por um misto de repulsa e raiva. É claro que não é bem a minha cara. Sou grande demais, desajeitada demais, imperfeita demais. Mas não preciso de nenhum mauricinho patético me lembrando disso.

— E você tem cara de menininho mimado que está na faculdade que o papai escolheu só pra entrar na empresa da família e nunca ter que fazer nada por si próprio. Acertei? — disparo, rebatendo todas as minhas ansiedades num único comentário mordaz.

— Uau, calma aí, *bichete*! — Ele ergue as mãos e arregala os olhos, nenhum vestígio de raiva presente. — Era só brincadeira, ok? Por causa daquela piada da loira odonto, sabe? Eu vivo zoando a minha namorada por causa disso.

Não respondo, mas me pego imaginando como poderá ser a tal namorada. Alta, imagino. Perfeita. Magérrima. Normal. Saudável. Não a conheço, mas já a odeio. Ela parece detestável.

Ele não fala mais, e decido que o odeio também. Por estar no meu caminho, por me oferecer ajuda, por me julgar sem saber nada a meu respeito. Ele é grosseiro e ridículo e, se disser "bichete" mais uma vez, vou arrancar a pinta idiota do rosto dele com as minhas próprias mãos.

— Está entregue — fala, por fim, e me deparo com a porta da sala 163. O caminho até aqui parece ter levado uma vida toda.

Não agradeço. Quero que ele vá embora, que me deixe sozinha. Eu poderia ter encontrado essa sala estúpida sozinha. Não preciso de ajuda, e certamente não preciso da piedade *dele*.

Ele sorri uma última vez e vai embora. Observo-o partir, o rosto ardendo, desejando poder voltar para a cama e nunca mais sair de lá.

Capítulo 6

A aula dura menos de quarenta minutos. Quando me dou conta, estou indo da apresentação de nome-idade-por-que-você-escolheu-biomedicina direto para o trote.

Por um momento, me iludi achando que os alunos não passassem mais por um ritual tão primitivo e desnecessário quanto o trote, mas estava claramente enganada. Quando deixo a sala, já há um grupo de veteranos à nossa espera, munido de tintas e canetas coloridas. Estremeço só de pensar naquilo me cobrindo e busco uma rota de fuga, mas uma garota me cerca.

— Opa, o que temos aqui? — diz, com um sorriso travesso no rosto e uma caneta ameaçadora na mão. Ela estreita os olhos para mim — Tá com medo, *bichete*?

— Não — minto. Estou apavorada. Quero fugir, correr, desaparecer, sumir, evaporar. Mas não me mexo.

Sou forte.

— Certo. — De algum modo, sei que ela sabe que estou mentindo. — Você vem comigo — completa, com um breve aceno.

— Não vou, não — digo, firme e indignada.

— Prefere ficar com elas? — pergunta a veterana, indicando as amigas com a cabeça. Elas já se embrenharam na missão de cobrir meus colegas com tinta, permitindo-me passar quase despercebida. Se eu sair agora, posso me perder dessa fulana na multidão. Posso ir para casa. Mas tomo minha decisão e a acompanho.

Seguimos até o lado externo do campus, uma área bonita, ladeada de árvores e bancos, que leva até o estacionamento. Fica também a menos de cem metros de uma lanchonete, e o cheiro de fritura me deixa nauseada. A nuvem de gordura parece uma força física cada vez mais próxima, me envolvendo, me cegando.

— Quer um? — Pisco e vejo um maço de cigarros estendido na minha direção.

— Não fumo — digo, balançando a cabeça. Ela assente e puxa um cigarro para si.

— Você diz isso agora — ela responde, acendendo-o com um isqueiro cor-de-rosa. O aroma da nicotina é quase refrescante.

Observo-a fumar. Ela é loura como eu, mas seus cabelos são ondulados e cheios de vida, arrumados numa bagunça calculada. Tem grandes olhos azuis cristalinos e lábios carnudos e bem-desenhados. Seu corpo é perfeito, e dela emana uma aura hipnotizante.

Eu a odeio.

Eu quero ser ela.

— Qual o seu nome? — pergunta. Seu sotaque é cantado. Combina.

— Duda. Ana Eduarda. E o seu?

— Kátia. Só Kátia. — Ela traga mais uma vez e me estuda enquanto solta a fumaça. — De que curso você é?

— Biomed.

— Nerd. — Ela ri da própria piada — Eu faço nutrição. Já, já me formo.

— E você sempre salva calouras dos outros cursos? — pergunto, azeda, me arrependendo da escolha de palavras assim que elas saem da minha boca. Kátia ri e me olha de soslaio.

— Só as que estão assustadas — responde. — Então, do que exatamente você estava com medo?

— Eu não estava com medo de nada — falo, decidida e rápido demais.

— Claro. — Ela ri, e algo em seu sarcasmo me faz odiá-la e desejá-la ainda mais. — Mas eu te entendo. Eu também não queria participar do meu trote. Mas, diferente de *você*, não tive ninguém pra me ajudar.

— Não pedi sua ajuda — rebato. Kátia ri de mim.

— Você é uma tremenda de uma mal-agradecida! — Ela joga a bituca no chão e pisa em cima, apontando um dedo pra mim. — Sorte sua que eu gostei de você. Vamos.

— Pra onde?

— Para o primeiro dia do resto da sua vida.

Capítulo 7
DIA 1

Almoço.
~~Uma colher de arroz~~
~~Uma colher de feijão~~
~~Um tomate picado~~
~~Um pedaço gigantesco de peito de frango~~

Meu almoço me espera, e mamãe está ansiosa. Ela finge estar ocupada com a própria comida, mas sinto seu olhar recair sobre meu prato de vez em quando. Se ela pudesse, me obrigaria a comer.

"Come, Duda", ouço sua voz dizendo na minha cabeça. "Você precisa comer. Não quer ser uma Menina Saudável? É só abrir a boca e comer."

Não quero ser Saudável. Meninas Saudáveis obedecem ordens. São robôs sem iniciativa, sem vontade própria, sem autocontrole. *Abra a boca, Duda. Coma, Duda. Não reclame, Duda.* Coma, fique cheia e entre na fila do abate.

Para Ana, com Amor   25

Passo o garfo pelo prato, recolhendo a menor quantidade possível de comida. Minhas mãos tremem. Não posso. Não quero. Não devo. Ainda não esqueci a torrada do café da manhã. Não posso carregar isso comigo.

Recuo o garfo e respiro fundo. Olhar para a comida me dá uma mescla de enjoo e vontade de chorar. Eu não seria capaz de comer mesmo se quisesse. Duvido que um único grão de arroz seja capaz de ultrapassar o bolo que se formou na minha garganta.

Mamãe me olha com expectativa. Ela não sairá daqui enquanto eu não comer, e eu não poderei sair se não o fizer. Sou uma garotinha de seis anos de novo, fazendo manha e com medo de levar bronca.

Tento de novo. Recolho migalhas no garfo. Só preciso respirar fundo. Prender o ar. Se eu não sentir o gosto, talvez não seja tão ruim. Se eu não sentir o gosto, posso fingir que não haverá consequências.

Abro a boca. Enfio a comida lá dentro. Tem gosto de papel coberto de lama e salpicado com grãos de areia.

Mastigo uma vez. Gorda.

Duas. Balofa.

Três. Baleia.

Quatro. Porca.

Cinco. Elefanta.

— Como foi seu primeiro dia? — pergunta mamãe, visivelmente aliviada. Seu alívio me corrói. Como ela pode ser feliz me condenando deste jeito? Ela não percebe? Que tipo de mãe ela é pra me sujeitar a esse sofrimento?

— Foi ok — respondo, porque é isso que se espera. E, assim como o esperado, ela sorri para mim.

— Que bom. — Minha mãe dá mais uma garfada. Me forço a engolir a primeira. A comida desce gritando. — Fez algum amigo novo?

Penso em Kátia e no garoto sem nome.

— Não — respondo. Mamãe ameaça tocar minha mão, mas desiste antes de me alcançar.

— É só o primeiro dia — diz, e continua a comer.

Sim. Só o primeiro numa sequência de dias piores.

O primeiro do resto da minha vida.

Capítulo 8

"Como você está? Como você se sente? Você melhorou?"

São perguntas que ouço o tempo todo, de todos os lados. As pessoas olham para mim e veem alguém doente. Eu não *estou* doente; para elas, eu *sou* a doença. Uma massa gigantesca de problemas com a qual ninguém consegue lidar. Por isso eles perguntam. Ninguém quer realmente saber a resposta, mas se sentem melhor perguntando.

— Eu tô bem — respondo para a visita da vez. Tia Clarissa é dessas parentes que só aparecem em momentos de crise, urubus circundando a carniça. Minha família não é muito grande, então imagino que eu seja o mais próximo de uma fofoca que ela consegue chegar.

— Que bom. Pelo menos deu pra perder uns quilinhos, né?

Olho para mim mesma, esperançosa por um momento. Talvez algo de bom essa história de ter sido internada me trouxe, algo que compense esse inferno. Mas não. Está tudo lá: os braços largos e flácidos, as coxas enormes, a barriga alta como a de uma grávida sob a blusa.

No auge dos seus setenta anos, a tia Clarissa é praticamente cega. Bem cega. Seus óculos gigantescos parecem lupas sobre os olhos castanhos. Parecem embaçados. Deve ser mais cega do que eu imaginava.

— Eu trouxe uma coisinha pra você — diz, então.

— Não precisava — digo, porque é o que se espera, mas também porque consigo imaginar que *coisinha* será essa e não quero, não posso, não devo, *não vou* aceitar.

— Claro que precisava! Sua mãe já vai trazer. — Ela olha para o lado e vê mamãe chegando da cozinha. — Ah, aí está.

O cheiro é o que me atinge primeiro, me sufocando com o aroma doce nauseante. Há açúcar no ar, e eu engasgo, desesperada para me livrar dele. E então olho e lá está: uma enorme fatia quadrada de bolo de fubá. Uma bomba atômica. Um veneno. ~~Uma tentação~~.

— Era o seu preferido quando você era menina — diz tia Clarissa, mas mal a escuto falar, a cabeça ocupada com um plano de fuga. — Só não vai comer demais!

Sim, quando eu era menina e inocente e me permitia doces e guloseimas e balas e bolos de fubá cobertos de açúcar. Antes de eu me tornar essa bomba-relógio que pode explodir com tanta gordura a qualquer instante, antes de eu olhar no espelho e ver a porca gorda que me tornei.

Mamãe coloca o prato diante de mim. Evito olhar para ele; prefiro encarar mamãe e esperar que ela me olhe e me veja, por favor, *apenas me veja*. Mas ela olha e não enxerga. E, se enxerga, não vê, e já sei quais serão suas próximas palavras antes mesmo que ela abra a boca.

— Não vai fazer desfeita com a sua tia, né? Ela fez com tanto carinho… — Minha mãe passa a mão em meus cabelos, beija meu rosto e, só para mim, acrescenta: — Por favor.

Não me peça. Não posso fazer isso. Não quero. Não me force. Como ousa?

Mas sei o que ela está pensando. Meninas Saudáveis comeriam o bolo. *Você não quer ser uma Menina Saudável?*

Passo o garfo pelo bolo, macio como terra. Minhas mãos tremem enquanto equilibro o talher a caminho da boca. NÃO. NÃO. NÃO. Maldita, cruel, vil, e tudo que fiz por você? Afaste a droga do garfo. Ainda dá tempo. Saia. Diga que não. Fuja.

Enfio o pedaço de tijolo na boca e mastigo. É como tentar comer massa corrida. Ele engrossa e se transforma numa bola impalatável. Um guardanapo, preciso de um guardanapo! Mas mamãe é esperta e já conhece os meus truques, e não há escapatória. Ela e tia Clarissa me encaram em expectativa. Então engulo aquela bola de pedras, aquele monte de terra e argamassa, e sinto a garganta travar, de dor e de nojo.

Imunda.

Hipócrita.

Traidora.

Mesmo assim, sorrio. Não digo nada. Ninguém repara. Como sempre, sou o que menos importa.

Capítulo 9

Entro no banheiro. Fecho a porta. A chave desapareceu meses atrás. "Somos só nós duas", minha mãe argumentou. "Não precisa de chave." Como se eu não soubesse.

Apoio as costas na porta, e minhas pernas tremem. Sento no chão e cubro a boca com as mãos. O bolo está aqui, ainda na minha garganta. Esperando para sair.

Por quê, por quê, POR QUÊ?

Engatinho até o vaso, a visão embaçada. Minhas mãos abrem a tampa com carinho. Não preciso de muito — nunca precisei. Um empurrãozinho basta. Um toque, por mais delicado que seja, e tudo acaba. Não seria incrível, com um só toque me livrar de toda essa sujeira, essa gordura, essa dor, essa culpa? Somos só nós duas de novo, as duas Garotas Fortes. Ela está aguentando o peso das minhas maldades; eu, suportando a vida.

Abro a boca. Se eu me esforçar, aposto que consigo buscar com as mãos os meus erros; eles estão logo ali, entalados, posso senti-los. Não deveria antes, mas devo agora. Eu conheço as regras. É o preço a se pagar. Fui má e mereço. Isso não é nada. Eu deveria me amarrar em arame farpado. Eu merecia dez, não, vinte horas de jejum por aquele pedaço de pedra. Limpar minha bagunça é um preço pequeno. É o mínimo que posso fazer.

— Duda? — Ouço minha mãe chamar. O tempo para se despedir de tia Clarissa no portão do prédio foi curto demais. — Filha, cadê você?

É agora. Tem que ser agora. Ponho os dedos para dentro e puxo para fora cada um dos meus pecados.

É lindo e doloroso como um parto. Arde, a princípio, mas com o ardor vem a pureza. Estou limpa. Estou livre. A tentação e os problemas se foram. É minha vida de novo. Meu corpo.

— Duda! — grita mamãe, e se abaixa ao meu lado, segurando minhas mãos. Luto para me soltar; há mais de onde isso veio, dias e dias de pequenos pecados, e eu preciso, *devo*, quero me redimir.

Outras ondas vêm, e ela segura meus cabelos enquanto me lavo de dentro para fora. Quando termina, me sinto ao mesmo tempo vazia e completa, um êxtase que se estilhaça ao encontrar os olhos marejados da minha mãe.

— Por que você fez isso? — pergunta, fungando. Abaixo a tampa do vaso e pressiono a descarga antes de me levantar, cambaleando de alegria.

— *Você* me fez fazer isso — replico, e saio do banheiro.

Capítulo 10
DIA 2

— **Então, suas aulas começaram ontem, certo?**

— Sim.

— E como tem sido?

Dou de ombros, desconfortável, sem ter ideia do que dizer. Terça é Dia de Terapia. Meu terapeuta é um senhor de cabelos brancos, cara enrugada e nome bíblico. Ele faz perguntas demais.

— O que você acha dos seus colegas? — pergunta, e dou de ombros de novo.

— São todas meninas — respondo. É verdade. Não tem nenhum garoto na minha turma.

— E como você se sente cercada de garotas o tempo todo? — Ele quer saber em seguida, cruzando as mãos sob o queixo. O clichê perfeito do analista.

Como eu me sinto? Eu não sinto. Eu vejo. Vejo o tamanho de seus corpos, seus traços e seus defeitos e me pergunto se elas também veem os meus. Quanto será que aquela ali pesa? Será que aquela outra malha muito para deixar as pernas daquele jeito? Como aquela ali consegue ser tão magra?

Para Ana, com Amor 33

Quero saber os segredos delas, quero seus corpos, quero ser outra pessoa. No meio de tantas, não sou ninguém.

— Normal — minto, porque é o que se espera. Descobri que essas sessões de terapia passam bem mais rápido quando dou respostas objetivas.

— Bom. — Parece bastar para ele, que anota alguma coisa numa prancheta. Às vezes, quero bisbilhotar e ver as coisas que ele escreve, mas tenho medo. O que é melhor: achar que ninguém te enxerga ou saber o que os outros pensam quando te veem? Não consigo decidir.

— Sua mãe me ligou ontem. — Ele suspira e se mexe na cadeira. — Disse que você teve um episódio.

"Episódio". Um eufemismo para as minhas crises de consciência. Como se eu fosse uma série de tv emocionante, cheia de capítulos a serem analisados, o doutor me olha com interesse. Sustento o olhar. Talvez ele acredite que eu deva me sentir envergonhada, mas isso não acontece. Estou mais lúcida do que me sinto há meses.

— Como foi? Pode me contar? — Ele faz uma breve pausa. — Se quiser.

Claro. Se eu quiser. Assim como 99,9% das coisas na minha vida ultimamente são só "se eu quiser". Não sei por que ainda tentam me convencer de que eu tenho algum tipo de controle.

— Eu comi um pedaço de bolo. — Explicação mais do que suficiente.

— E então sentiu necessidade de se punir?

Punir. Corrigir. Melhorar. Expurgar. Mas, para ele, apenas dou de ombros uma terceira vez.

— Por que não ignorar o bolo? Você não era obrigada a comê-lo — sugere, então. Reviro os olhos.

— Foi minha tia quem trouxe — respondo, esperando mais uma vez que o argumento sele a questão.

— Ah, entendo — diz, mas tenho bastante certeza de que *não* entende. Ele escreve mais um pouco e volta a me olhar. — E como você se sentiu depois do episódio?

Pura. Limpa. Livre. Digna. Merecedora. Completa. Feliz.

— Melhor — escolho dizer —, mesmo sabendo que não deveria — acrescento, apenas porque sei que é o que ele quer ouvir. Que foi errado (não foi), que estou arrependida (não estou).

A verdade é irrelevante.

— Entendo — repete, pacientemente, assentindo.

Ele não entende. Assim como minha mãe não entende. Assim como meus amigos não entenderam, como meu *ex-namorado* não entendeu. Ninguém nunca entende.

Mas ele é pago para fingir que entende, e eu sou obrigada a fingir que alguma parte desse delírio faz sentido, então me limito a assentir também.

Capítulo 11
DIA 8

A faculdade não é o que eu tinha imaginado.

É bem menos sofisticada do que achei que seria. Sob muitos aspectos, ainda sinto como se estivesse no ensino médio. As aulas são longas, várias delas chatas. Os professores parecem despreocupados e desinteressados. As pessoas ainda me lançam olhares por onde quer que eu vá.

A única pessoa com quem conversei até agora foi Kátia, mas, estando para se formar, ela quase não vai para a faculdade. Sem ela, estou completamente sozinha. Já se passou uma semana desde o início das aulas e ainda não consegui criar laços com qualquer uma das minhas colegas. Percebo agora que boa parte das minhas amigas são de longa data. Talvez eu tenha perdido a habilidade de socializar. Não sei nem se alguma vez já a tive; quando foi a última vez que ouvi falar da Drica ou da Patrícia? Elas ao menos se lembram que eu existo?

Ironicamente, meu celular vibra bem nessa hora, no meio da aula. Puxo-o discretamente e leio a mensagem.

Priscila: *E aí, como você está?*

Engulo em seco. A preocupação de Priscila é uma coisa que ainda não consigo engolir. Nós éramos melhores amigas no ensino médio, mas muita coisa mudou nos últimos dois anos. Eu mudei. Ela não quis mudar comigo. Melhores amigas não deveriam julgar, mas a Priscila se recusou a me entender quando mais precisei. Não sei o que somos agora, mas "amigas" não é a palavra que eu usaria para nos definir.

Duda: *Bem*

Resposta padrão. Não preciso ir além disso.

Priscila: *Que bom :) E como está a facul? Já começaram suas aulas?*

Suspiro.
Digito depressa e furiosamente:

Duda: *A facul está uma droga. As pessoas aqui são horríveis. Me sinto péssima. Queria estar em casa, na minha cama, enterrada. Queria nunca mais falar com ninguém. Esse é o último lugar onde eu gostaria de estar, e este provavelmente é o pior momento da minha vida.*

Então deleto tudo. Palavra por palavra. Sentimento após sentimento.

Duda: *Tudo ótimo. As aulas são incríveis. E você?*

Dessa vez eu envio. Foi ela quem decidiu se afastar de mim, não tenho motivo nenhum para ficar me abrindo com ela.

Priscila: *Minhas aulas só voltam semana que vem. Nada de mais até lá. Só sofrendo um pouco no estágio.*

Nada de mais. Só estou tendo uma vida, Duda. Não é isso que todos nós estamos fazendo?

Sei que estou sendo dura — Priscila não é esse tipo de pessoa. Ela, assim como todos os meus antigos amigos, seguiu a vida sem mim e está vivendo um momento diferente do meu agora. O que eu esperava que ela fizesse, largasse tudo para me ajudar? Que trancasse a faculdade, deixasse de fazer amigos ou se afastasse de todo mundo que nós conhecemos em solidariedade a mim?

Eu só queria que ela tivesse tentado. No fundo, sempre foi sobre isso. Priscila, assim como absolutamente todas as pessoas da minha vida, preferiu colocar a plaquinha de *doente* no meu pescoço a olhar para mim de verdade. Ela desistiu quando ficou pesado demais para a vidinha de universitária dela, quando passei a dar trabalho demais. É sempre assim. Sou interessante enquanto sou um enigma, mas descartável quando esse enigma se torna complexo demais.

Priscila: *Você vai no aniversário do Enzo na sexta?*

Travo. Aniversário? Enzo? Por que não estou sabendo de nada disso?

Então repenso, e é claro que ele não me convidaria. Primeiro, porque sou sua ex-namorada e as coisas entre nós não terminaram bem. E segundo porque quem iria querer a garota doente na própria festa, certo? Vai que ela desmaia na frente de todo mundo, ou dá um escândalo qualquer. Não, ele não pode correr o risco.

Duda: *Claro. Que horas vai ser mesmo?*

Priscila: *Nove horas.*

Duda: *Nos vemos lá.*

Capítulo 12

~~Café da manhã:~~
~~Uma maçã~~
~~Uma barra de cereal~~
~~Dois copos d'água~~

Com cuidado, retiro a balança do esconderijo, entre minhas roupas de cama. É uma das poucas coisas que minha mãe não tirou de mim depois da internação; sem academia, sem remédios, sem liberdade. Somos só eu, a balança e minha consciência agora.

Coloco-a no chão do quarto e paro diante dela. Odeio esse momento. A expectativa. É como se eu estivesse aos pés de Deus, esperando para saber se serei ou não condenada. Posso morrer aqui e agora antes de subir nessa coisa.

E, mesmo assim, uma parte minha quer saber. Quero ver os números comprovarem aquilo de que já suspeito, quero um veredito, saber até onde foi o estrago para poder remediar.

Respiro fundo. Conto até três mil.

Subo.

Não fecho os olhos. Encaro os riscos do mostrador digital e eles me enlouquecem, a espera quase me fazendo gritar. E então eles vêm.

Zeros e setes e oitos e quatros e dois e mais zeros e cincos e vintes e centenas de milhares de milhões de números que sobem e sobem, uma escala interminável que nunca para de subir, incontrolável, imensurável, imparável. Todas as coisas do meu quarto não somariam esse peso. O mundo todo não pesa tanto assim.

Pego o celular. No meu e-mail secreto, salvo nos rascunhos, tenho a lista. Quando foi a última vez? Não ontem. Ontem minha mãe estava em casa. Nem anteontem. Faz mais tempo. Uma semana, talvez. Apaguei todas as datas com medo de ser descoberta. Na dúvida, menos é mais.

Mas ali está.

Faço as contas. Isso dá… dois. Dois quilos. Dois quilos e meio.

Dois quilos e quinhentos gramas. Se eu fosse Judas, esse seria meu preço. Dois quilos e quinhentos gramas. Traidora.

Como eu pude fazer isso comigo? Como pude desistir de tudo que lutei tanto para alcançar? Chegar nesse ponto é um sacrilégio. Um crime.

Quero me mexer, mas não consigo. Espero que os números mudem, mas eles permanecem onde estão. Me assombrando.

Repasso tudo o que comi, tudo o que fiz, tudo o que disse. Não sei por onde começar. As torradas de papelão da manhã ou a maçã de pedra da tarde? O suco de esgoto do almoço ou o leite de demônio do lanche? A lista se perpetua até o infinito. Pequei. Esta é a minha penitência.

Capítulo 13
DIA 9

— **Ah, aí está você!** — Kátia me agarra pelo braço assim que saio da sala de aula.

— O que foi? — pergunto, confusa. Não a vejo há dias, e, mesmo quando nos vimos, mal trocamos duas palavras. Ela segue pelo corredor, me arrastando junto.

— Queria companhia para o café — diz, como se isso resolvesse tudo.

Enfim me desvencilho de seu aperto, mas continuo a acompanhá-la porque a alternativa — ficar sozinha na biblioteca — não me agrada. Relevo o fato de que não pretendo comer. Os dois quilos ainda pesam sobre mim, no corpo e na mente.

Chegamos à lanchonete e o cheiro de café e gordura fazem meu estômago revirar. Há uma pequena fila para o caixa e pessoas para todos os lados. Me dirijo a um banco afastado, onde, espero, o cheiro não poderá me alcançar.

— Você não vai comer nada? — pergunta Kátia. Por que sempre me perguntam isso? Por que querem me entupir, me engordar, me explodir como uma vaca a ser abatida? Por que eu tenho que comer? O que preciso fazer para que me deixem em paz?

— Não estou com fome — digo, entredentes. Kátia dá de ombros e, sem discutir, segue sozinha.

Respiro aliviada e me sento. Da bolsa, tiro um pequeno pacote de cookies integrais e uma pera. Jogo tudo no lixo sem pestanejar. Minha purificação começa agora.

— Sabia que é pecado jogar comida fora? — Ouço uma voz conhecida. Não escuto essa voz há dias e me viro tão rápido que o mundo parece girar diante dos meus olhos. É ele. É realmente ele. O rapaz sem nome.

— Estava estragado — minto, automaticamente, sem hesitar nem um segundo. Ele arqueia uma sobrancelha fina.

— Tudo?

— Tudo.

Ele não parece comprar minha mentira, mas tampouco discute. Descobri há muito tempo que a política do "não discuta, ela é maluca" funciona muito bem em meu favor. As pessoas não questionam o que é estranho, elas apenas se afastam. Cada um com a sua loucura.

— Como foi a sua primeira semana, bichete? — pergunta ele por fim, cruzando os braços.

— Não me chame assim — digo, revirando os olhos com raiva.

— Você não me disse o seu nome — justifica, com um ar divertido.

— Nem você me disse o seu — desafio. Ele abre a boca, mas é interrompido bruscamente.

— Rodrigo?

Nós dois nos viramos e vemos Kátia chegando com um copo descartável. O cheiro é ainda mais nauseante que o de café — chocolate. Mas Kátia não dá qualquer atenção ao fato de que está me matando. Ela se aproxima e...

Rouba um beijo dele.

Não, rouba não. Empresta. Pega. Rodrigo não parece nada surpreso, e uma de suas mãos vai parar nas costas dela.

— Vocês se conhecem? — pergunta Kátia, o olhar intrigado pulando entre nós dois, quase um reflexo de como eu olho para eles.

— A gente se esbarrou no primeiro dia — responde ele, antes que eu tenha a chance. — Eu a ajudei a encontrar a sala certa.

— Sempre um herói — brinca Kátia, e os dois trocam mais um beijo meigo que é quase tão nojento quanto o chocolate que ela segura.

Kátia faz sinal para que eu abra espaço, e ela e Rodrigo se sentam no banco, o rapaz no meio. Não sei o que fazer, então me encolho e olho para o chão, querendo sumir, morrer, desaparecer.

— Eu estava perguntando pra sua amiga o nome dela — diz Rodrigo, por fim. Ergo a cabeça num átimo.

— Duda — digo, ao mesmo tempo em que Kátia responde:

— Ana Eduarda. — Ela pisca um olho para mim. — Mas ela prefere Duda.

— Ok, Duda. — Odeio como ele diz meu nome, o jeito bonito como pronuncia cada sílaba. Ele me deixa enjoada. — Então, como está sua primeira semana? Gostando?

— Sim — falo, com uma indiferença que não lhe passa despercebida. Rodrigo ergue as sobrancelhas, e até parece que vai dizer alguma coisa, quando Kátia o interrompe.

— Ah, o primeiro semestre é o pior, não importa o curso. É um saco. — Ela faz uma pausa dramática e então acrescenta, sorrindo: — Ainda bem que você me conheceu. Vou salvar a sua vida, você vai ver.

Duvido seriamente. Na verdade, duvido tanto que quase rio da cara dela, sem piedade. Mas fico quieta e deixo passar, porque não importa. Não preciso ser salva.

Kátia puxa o celular e abre a câmera, apontando para nós três. Ver minha imagem, mesmo que momentaneamente, na tela do celular dela me apavora. Estou enorme. Me encolho na hora.

— Duda, chega aqui! Quero tirar uma foto da gente pra postar! — Kátia insiste. Sinto as bochechas queimarem.

— Eu não gosto de tirar foto.

— Xiiii… — Rodrigo ri, e Kátia dá um cutucão no namorado. Quando percebe minha expressão, ele explica: — A Kaká é *blogueirinha*.

— Vai pro inferno, Rodrigo! — diz ela, batendo no braço dele.

— Tô mentindo, arroba-ká-neves?

— Você podia não falar do meu trabalho nesse tom!

— Não tem tom nenhum!

Kátia e Rodrigo se perdem na própria discussão e me deixam de lado. Tento não ficar prestando atenção, mas o tom de picuinha misturado com afeto na voz de Rodrigo é íntimo demais para que eu não perceba — era o que eu ouvia quando conversava com Enzo. De repente, sinto uma solidão avassaladora, consciente da bolha Kátia-Rodrigo como se fosse uma barreira física entre nós. Quando enfim nos levantamos para voltar para nossas respectivas salas, já estou irritadiça, aborrecida e magoada. O chocolate quente de Kátia permanece no banco, intocado, até alguém encontrá-lo e jogá-lo fora.

Assim como eu.

Capítulo 14

Quando chego em casa, faço exatamente o que não deveria fazer e procuro o perfil de Kátia.

Ela tem dezessete mil seguidores e uma quantidade infinita de fotos em roupas incríveis, lugares lindos e barriga negativa à mostra.

A foto mais recente é de Rodrigo, sorrindo timidamente naquele mesmo banco onde ficamos sentados mais cedo.

Fecho o perfil sentindo o amargo da inveja, ao mesmo tempo em que o estranho êxtase de, dentre todas as garotas daquela faculdade, ter sido escolhida por Kátia.

Capítulo 15
DIA 12

"Você não precisa fazer isso", uma vozinha diz na minha cabeça. "Fique em casa. Você não tem que provar nada para ninguém."

"Cala a boca", replico. Porque ela está errada, é claro. Tenho tudo para provar, a eles e a mim mesma.

~~Uma maçã.~~

~~Duas torradas.~~

~~Uma xícara de chá verde.~~

~~Uma colher de arroz.~~

~~Um pedaço de frango.~~

~~Um tomate.~~

~~Um copo de leite desnatado.~~

A contagem de hoje está exorbitante. Queria arrancar essa sujeira de mim com os dedos. Queria correr até suar todas as calorias. Queria me esfregar, me lavar, arrastar pra longe todos esses pecados. Queria não encarar o espelho.

Mas os erros e os espelhos estão por todos os lados, e os gritos de "gorda" me perseguem na mesma medida que aquela vozinha irritante na minha mente.

Para Ana, com Amor

É por isso que preciso ir. Porque não posso calar as vozes de dentro, mas posso abafar as de fora. Porque quero e *preciso* da minha vida de volta. Porque sou uma Garota Forte e estou farta de acharem que fui derrotada.

Já provei todas as roupas que tenho. Todas estão enormes ou justas demais, fazendo com que eu me sinta ainda maior. Tudo parece errado. Não. *Eu* pareço errada. *Sou* errada. Preciso me corrigir.

Penso em Kátia e no seu corpo magérrimo, nas roupas perfeitas que caem como uma luva, e no casal repulsivamente bonito formado por ela e Rodrigo. De repente, estou desesperada por alguma afirmação externa que me ajude a sair desse buraco. Sinto falta de quando eu, Pri, Drica e Patrícia nos arrumávamos juntas para ir a algum lugar. Tenho saudades do poder que me davam com seus elogios, das dicas, dos segredos. Da amizade. Agora, nem amigas tenho mais.

"Você ainda tem a Priscila", diz a vozinha na minha cabeça, e fico ainda mais enjoada. Não sei se é pior pensar em falar com ela ou imaginar que ela muito provavelmente responderia como se nada tivesse acontecido.

Acabo optando por um vestido azul-claro que não uso há tempos e que parece pequeno demais para servir em mim. Fica péssimo. Sinto vergonha dos meus braços enormes expostos, então coloco um cardigã branco por cima, mas agora, além de gorda, estou com calor. Ergo as mangas enquanto ainda estou em casa, me convencendo de que é melhor protegida e com calor do que fresca e exposta. Sinto que nada vai poder dar jeito no meu rosto, mas me maquio mesmo assim. O resultado é, no máximo, medíocre.

Mamãe não faz comentários quando me vê, mas me sinto julgada mesmo assim. Quero me despir ali mesmo, voltar atrás e cobrir cada centímetro de gordura exposta, mas já é tarde e precisamos ir.

— Então. Esse Enzo é o… *seu* Enzo? — pergunta minha mãe, já dentro do carro.

— Ele não é meu — respondo, e um nó sufocante se forma na minha garganta ao lembrar.

"Acho que vai ser melhor pra todo mundo se nós formos só amigos", foi o que ele me disse, logo depois de falar que "não sabia mais lidar comigo" e que eu estava "paranoica demais o tempo todo". Promessas vazias. Cá estou eu, indo de penetra à festa do meu suposto amigo. Mentiroso.

— Claro — pigarreia mamãe, as mãos firmes em torno do volante enquanto manobra o carro para sair do estacionamento do prédio. — Mas estou feliz que você esteja indo, filha. É bom saber que vocês não perderam contato. As amizades do colégio são pra vida toda!

Só se minha vida tiver acabado no ensino médio, penso. Mas não consigo admitir nada disso em voz alta, então digo o que ela — e eu — gostaria que fosse verdade.

— As meninas me imploraram pra ir — conto, imagens de uma vida perfeita se formando enquanto falo. — Todo mundo mandou mensagem perguntando se eu ia. Estão loucos pra me ver.

— Que bom, filha! — diz e, por um segundo, sua felicidade por mim quase me engana e me faz acreditar também.

Então pisco e os minutos passam. Pisco e me vejo parada em frente aos portões da casa do Enzo. Pisco e me lembro de que ninguém me convidou, nem espera que eu venha. Pisco e me vejo sozinha outra vez.

— Me liga quando quiser que eu venha te buscar, ok? — diz minha mãe, e beija meu rosto. Desço do carro sem responder.

Capítulo 16

É Milena quem abre o portão para mim depois que toco a campainha. A música está alta, e as bochechas dela — altas e bem marcadas, como as do irmão — estão vermelhas.

— Oi, Duda! Não sabia que você vinha! — diz ela, antes de me abraçar pela cintura.

Claro que não. *Ninguém* sabia.

— Você cresceu — digo, sentindo-me velha por fazer um comentário tão idiota.

— Dois centímetros — conta, como se fosse a novidade mais interessante do mundo. Milena ainda está naquela idade em que as coisas bobas são interessantes. Bem diferente do irmão, que já cresceu o suficiente para achar boba qualquer coisa minimamente interessante.

Ela acaba de fechar o portão para reabri-lo assim que ouvimos uma buzina tocar e encontramos Priscila parada à espera.

É como se todo o oxigênio tivesse sido sugado e o mundo tivesse parado de rodar. Parem as máquinas. Priscila chegou. A sempre querida, a amada, a sorridente. A superocupada, a superamiga, a garota que todo mundo quer ter por perto.

Sei que estou sendo injusta. Priscila é a única pessoa que ainda fala comigo enquanto o restante do nosso grupo de amigos me trata como louca e, ainda que eu tenha descontado nela a toda a minha raiva, ela passou por cima disso. Talvez eu devesse fazer isso também.

Mas então ele chega, como se a seguisse pelo cheiro, e os pensamentos bons vão embora.

— Pri! Você veio! — A voz do Enzo é puro veludo e mel, e derrete ácida em meus ouvidos em seguida, me corroendo por dentro. — E... Duda!

Não é uma pergunta. Nem ao menos uma constatação sutil. Pelo amor de Deus, ele nem sequer se esforçou para disfarçar a surpresa. Não, ele se dá conta da minha presença como quem tropeça num móvel, um móvel velho e abandonado, que ele tinha certeza de que havia jogado fora. Mas quem sou eu, afinal? Só a ex-namorada.

Ele *realmente* me jogou fora.

Quando eu *mais* precisava.

— Ela veio comigo — diz Priscila, prontamente. No rosto, brota um sorriso, mas seu olhar não me engana. Ela já juntou as peças e acha que precisa me salvar.

Claro. Vamos salvar a Duda. Ela é incapaz de fazer qualquer coisa sozinha.

—Ah. — Ele continua confuso por alguns instantes, então volta com o sorriso de sempre. Mas sei que não é pra mim. — Que bom que você veio! — completa, tão mentiroso quanto ao dizer, meses antes, que eu era a única.

— Não perderia por nada — afirmo, sustentando seu olhar até que ele fica constrangido e volta a encarar Priscila.

— Vamos entrar? — convida, apontando em direção à porta da frente.

Tomo a dianteira sem hesitar, em parte para mostrar que estou bem e em parte para não ter que observá-los. Mesmo assim, posso ouvi-los conversando.

— Você podia ter me avisado — diz ele.

— O que, que eu ia dar carona pra Duda? — responde Priscila, calma e indiferente. Um sentimento bom de cumplicidade aquece o meu coração por um segundo, mas se esvai quando a ouço sussurrar: — Seja legal com ela.

A sensação boa se desfaz em um milhão de feridas que corroem a minha garganta. Fico imaginando o que Priscila e ele devem ter conversado depois do nosso término, conversas em que Priscila se mostraria compreensiva porque *a Duda está mesmo muito mal, mas ele tem que entender e ela precisa de apoio*, e tenho vontade de ir embora correndo.

Mas sou uma Garota Forte, e Garotas Fortes enfrentam o passado de cabeça erguida.

Já na sala, reencontro ex-colegas de escola. Maurício, Anderson, Tales. Eu deveria dizer "amigos", mas essas pessoas são estranhas para mim, e posso afirmar, sem a menor sombra de dúvida, que sou uma estranha para elas. Falo com todos, mas, como em uma reunião de familiares distantes, é tudo educado e vazio demais. Eles não me querem ali. Não pertenço mais ao mundo deles.

A sensação piora quando, na cozinha, encontro Patrícia e Drica conversando perto da pia. Não muito tempo atrás, eu estava lá, com elas, trocando dicas de dieta. Mas vieram as crises e os segredos, e quando Enzo decidiu que eu não era boa o suficiente para estar com ele, as duas foram para o time inimigo.

"Ele tem razão, Duda."

"Você tá pegando pesado, Duda."

"Você está obcecada, Duda."

Aposto que elas, assim como Priscila, estão esperando que eu me esconda e me acanhe. Aposto que, depois que eu me afastei, elas trocaram mil mensagens pelas minhas costas comentando como sempre souberam que eu era maluca. Aposto que nesse exato momento estão se perguntando se estou prestes a surtar de novo, *torcendo,* talvez, só para terem uma fofoca fresquinha para jogar no grupo amanhã.

Mas sou uma Garota Forte e vou provar que não preciso de ninguém.

— Meninas! — exclamo, cheia de sorrisos e deleite e abraços e beijos estalados no ar. — Que saudade!

— Duda! — Drica imediatamente ativa seu modo escandaloso e, mesmo sabendo que não é real, que ela sequer falaria comigo se eu não desse o primeiro passo, seu jeito exagerado me enche de alívio e renova minhas esperanças de que nada tenha mudado. — Que bom te ver, amiga!

Ela me abraça com força e Patrícia faz o mesmo, embora com menos entusiasmo. Ela sempre foi a pior mentirosa de nós e não consegue disfarçar o desconforto. Sua honestidade é uma brisa fresca e um balde de água fria ao mesmo tempo.

Ficamos em um silêncio constrangedor, nenhuma de nós conseguindo tomar a iniciativa de uma conversa. Afinal, que assunto teríamos para conversar? Não é como se nos conhecêssemos desde o quarto ano e tivéssemos andado juntas desde o primeiro dia de aula. Não é como se nos falássemos com frequência dentro e fora da escola. Não é como se tivéssemos sido realmente amigas um dia. Hoje somos apenas estranhas que um dia dividiram uma vida.

As duas cumprimentam Priscila com muito mais naturalidade, e me dou conta de que ela tomou meu lugar. Meu status, meu namorado, minhas amigas: Priscila tirou tudo, sem sequer querer ou se dar conta. Priscila veio depois, no fim do ensino médio, e não era ninguém antes que eu a apresentasse a todos os meus amigos. Agora ninguém mais fala comigo e ela posta fotos nas redes sociais em *happy hours* e barzinhos depois da faculdade com amizades que eu a ajudei a cultivar.

Sinto uma raiva ainda maior por não poder culpá-la. Se pudesse, pelo menos seria capaz de reagir. Mas ela é inocente, e o monstro, como sempre, sou eu, então sorrio e finjo que tudo está bem com o mundo, porque é o que se espera. É o que uma Garota Forte deve fazer.

Outras pessoas aparecem e nos cumprimentam. Pessoas com quem eu costumava sair todo fim de semana, com quem eu conversava. Pessoas que achei que gostassem de mim. Elas me cumprimentam como se eu tivesse alguma doença contagiosa e me encaram como se eu fosse um bicho enjaulado. Ironicamente, é como me sinto.

Já estamos ali, de pé, há incontáveis minutos, quando a mãe de Enzo entra trazendo um prato cheio de pedaços de carne morta. Pequenas pedrinhas sabor carne. Rodelas de barro com aroma de linguiça. Uma madeira rechonchuda disfarçada de coxa de frango. Um montinho de farofa de areia para acompanhar.

Ela chega toda feliz empinando o prato em nossa direção, e o cheiro é tão forte que sinto que posso vomitar aqui e agora. Observo com nojo enquanto todo mundo se serve, pensando nas humilhações a que as pessoas se sujeitam por fome.

E então percebo que Priscila está olhando para mim.

É claro. Por que não estaria? Aposto como está esperando esse momento desde que cheguei. Especulando se eu vou comer ou não. Duda, a Menina Doente, a garota que não come, presa em um churrasco. Praticamente o começo de uma piada ruim.

Os segundos se estendem em horas perante meu dilema. Se eu ousar comer, toda aquela gordura e sujeira estarão dentro de mim e não poderei me limpar com tanta facilidade como da última vez. Mas se não comer, se eu me recusar, se soltar qualquer uma das desculpas que se amontoam na minha língua, então confirmarei que estou doente, que eles podem sentir pena de mim. E nunca mais vou ser respeitada de novo.

De relance, vejo Enzo vindo pela porta dos fundos. Ele para ao lado de Priscila, solta um comentário e ri de alguma coisa.

De mim?

Estendo a mão. Apanho o menor dos pedaços de carne, que ainda assim parece gigantesco. Do tamanho do erro. Tenho nojo da textura gordurosa, do cheiro nauseante, da ideia de manchar meus lábios com aquilo. Mas a hora é essa. Abro a boca.

Como.

Percebo o suspiro aliviado de Priscila enquanto mastigo e tento sorrir, ainda que sinta uma repulsa terrível. A carne é suculenta e malpassada, e sinto gosto de sangue — se meu ou do boi, não sei dizer. Tenho vontade de chorar enquanto rumino aquela nojeira e, quando sinto que já sofri o bastante, engulo. O bolo desce dolorido, como se quisesse aumentar minha penitência.

— Ei, tem refri zero lá no fundo — diz Priscila, toda sorrisos, estendendo um copo. — Quer que eu pegue pra você?

— Não, obrigada — falo, apenas por educação. Não quero mais nada me sujando hoje. Já pequei o suficiente.

Quero virar as costas e ir embora imediatamente, mas resisto como a Garota Forte que sou. Comer não me coloca nas boas graças de ninguém, mas deixa Priscila mais relaxada, o que a ajuda a quebrar o climão que se instalou desde que chegamos. Silenciosamente — e a contragosto —, eu a agradeço por tirar a atenção de cima de mim.

Passei no teste.

Mas a que custo?

Capítulo 17

— **E aí, e a faculdade?** — pergunta alguém, e preciso de um minuto para me dar conta de que é Priscila e que ela está falando comigo.

— Incrível — digo, adicionando uma nota falsa de animação. — Tudo que eu imaginava que seria — acrescento.

Talvez a mentira acabe me convencendo por tabela.

— Sorte a sua... — comenta, com um risinho baixo.

— Por quê? Não tá gostando da sua?

— Não é isso, é só... não é bem o que eu imaginava.

Ela parece realmente decepcionada. Desde que a conheço, Priscila sonha em ser jornalista, e passou na primeira chamada de uma faculdade pública logo que terminamos o ensino médio. Nós não estávamos nos falando na época, mas me lembro da alegria dela nas fotos do trote. Uma parte de mim fica triste porque sei que era o sonho da vida dela, mas a outra parte se alegra em saber que não sou a única sofrendo com o desgosto que é a vida real. Me sinto menos estranha.

— Mas o estágio é legal. Eu adoro a minha chefe, ela tem me ensinado tanta coisa! — continua. — Todo o pessoal lá da redação é muito gente boa. Sinto que realmente estão me dando espaço pra crescer lá dentro, sabe?

Concordo, mas na verdade não sei. Não consigo imaginar como seja. Fui da escola para o cursinho, do cursinho para seis meses em casa e de lá para o primeiro semestre na faculdade. Sinto como se eu estivesse no jardim de infância tentando ter uma conversa de igual para igual com os alunos crescidos. Eles estão aprendendo física e eu mal comecei a aprender a ler.

— E o seu namorado? — pergunto, mais para desviar o assunto que qualquer outra coisa.

Não sei nem se Priscila está realmente namorando; ela comentou por alto sobre estar saindo com alguém, e vi fotos dos dois juntos nas redes sociais, mas Priscila nunca elaborou e eu não perguntei. Vejo seu rosto ficar corado.

— O Matheus? — diz, sem desmentir a informação. — Tá com os amigos dele. E você, conheceu algum gatinho na faculdade?

Penso em Rodrigo, só para me dar conta de que mesmo que eu me interessasse por ele e ele sequer olhasse para mim desse jeito, seria completamente fora de cogitação. Kátia é o mais próximo de uma amiga que faço em anos. Fecho a cara, e Priscila percebe na hora.

— E o… — Priscila faz uma pausa, olhando para os lados. — Bom, e o resto? Você continua na terapia?

Claro. Isso é o que define minha vida agora. Não estou doente, *sou* doente. É isso que ela vê quando me olha, é isso que *todos* veem, e é por isso que não conseguem me encarar. Sou um estigma, um problema, um defeito. Eles não podem misturar seus "eus" perfeitamente saudáveis com o meu "eu" danificado.

— Estou ótima — respondo, e saio para os fundos, deixando-a para trás. A escolha não poderia ter sido mais infeliz, porque o cheiro de churrasco está insuportável no quintal, aumentando minha náusea. Há pessoas para todos os lados, e o barulho me desorienta. Quero me sentar. Quero sair. Quero sumir. Puxo o celular. Rolo pelos contatos e não consigo encontrar o da minha mãe.

— Duda? — A voz de Enzo me puxa de volta à realidade. Ele está na minha frente, bem perto, mais do que esteve em meses. Quero abraçá-lo até perder os sentidos. Quero sentir seu cheiro em mim de novo. Quero me lembrar de como é não estar sozinha.

Mas só de olhá-lo percebo a distância, o abismo entre nós, e sei que me abrir é inútil. Então me fecho outra vez.

— Queria falar com você — diz, dando seu sorriso mais desajeitado de "não quero te magoar, mas mesmo assim irei". É o mesmo sorriso que ele tinha no rosto quando terminou comigo.

— Claro — respondo. Ele faz sinal para que eu o siga e obedeço.

Enzo pega um espetinho na churrasqueira antes de entrar e sai comendo tranquilamente. Eu me pergunto como deve ser a vida de quem não precisa regular cada mínimo movimento para permanecer na linha. Enzo tem um corpo e um metabolismo invejáveis. Come como um leão, mas nunca engorda um grama. Tem a barriga chapada, as coxas definidas e os braços proporcionais. Nada é capaz de tirá-lo de seu eterno estado de perfeição. Não é à toa que me apaixonei por ele — eu queria *ser* como ele.

Atravessamos a cozinha e o corredor que dá na sala, passamos pelos garotos no videogame e saímos para a garagem.

Me lembro de outro dia, em outra festa e em outra vida, quando fizemos esse mesmo caminho e ele pediu para roubar um beijo meu. Respondi que ele não poderia roubar o que já era dele, e foi quando tudo começou. De alguma forma, sei que hoje será um recomeço; para qual de nós não sei dizer.

— Obrigado por ter vindo — diz, e encara os próprios pés. Uma atitude tímida que não combina muito com ele. — Eu não esperava que você viesse.

— Seria difícil vir sem ter sido convidada — respondo, na lata, só para ver o efeito que minhas palavras têm sobre ele. Nada machuca mais Enzo do que ser visto como vilão. Como esperado, ele torce o nariz, magoado.

— Não é que eu não quisesse você aqui, Duda. É que da última vez as coisas foram tão… — Ele pausa, deixando as palavras no ar.

Traumáticas? Surtadas? Horríveis? Tenho uma lista de opções que poderiam completar a frase, mas guardo todas para mim. Da última vez que nos vimos, no aniversário da Priscila, em setembro, já não estávamos mais juntos há quase três meses. Ele fez uma piada sem graça na frente de todo mundo sobre a minha recusa em tomar refrigerante e me senti tão humilhada, tão ridícula, tão diminuída, que joguei um copo da bebida na cara dele sem pensar duas vezes. Não fiquei para ver o estrago no pouco respeito que eu ainda tinha dos nossos amigos. Em vez disso, fui aos poucos sendo excluída, evitada, até o ponto em que Priscila era a única que ainda se dava o trabalho de mandar mensagem para saber se eu estava bem. Me pergunto agora como Enzo se lembra dos fatos, como distorceu para si e para todos para que parecesse o bom moço.

— Olha… — recomeça ele, hesitante. Não me lembro quando foi a última vez que vi Enzo hesitar. Ele normalmente sabe o que dizer, encontra facilmente as palavras certas. Sua pausa me desconcerta. — Eu queria te pedir desculpas.

Pelo quê? Por me fazer de boba? Por partir meu coração? Por me excluir da sua vida?

— Você não precisa se desculpar — digo, de forma quase mecânica, porque é o que se espera. Mas quero que continue, e meu corpo vibra quando ele insiste.

— Preciso, sim! — fala Enzo, e faz menção de me tocar, mas desiste no meio do caminho. Sinto um arrepio onde ele iria encostar na minha pele. — Eu devia ter percebido que você… Quero dizer, eu te deixei quando você mais precisava de mim.

— O quê? — A realidade me atinge como gotas geladas numa pesada chuva de verão e eu o encaro, levemente boquiaberta.

— A Pri tinha razão. Você estava doente e eu deveria ter visto. De todas as pessoas, *eu* deveria ter percebido. — Enzo parece realmente arrependido, mas este sofrimento não me traz prazer algum, não desta vez. — Você precisava de ajuda e eu não estava lá pra você.

— Eu não preciso de ajuda. Muito menos vinda de *você*! — exclamo, me afastando um passo. Enzo me encara com surpresa, e eu vomito as palavras com força e violência, esperando que elas ajudem a aliviar a dor. — De tudo, você acha que isso é o pior? Eu nunca precisei da sua ajuda. Não era pra isso que eu estava com você. Pare de agir como se os meus problemas fossem o motivo de nós não termos dado certo!

— Não é isso que eu…

— Pro inferno você e as suas desculpas, Enzo. Achei que você me conhecesse, mas, pelo visto, estava errada.

Saio batendo o pé. Meu coração palpita forte com a briga e meu estômago pulsa, revirado. Celular na mão, vou direto para o banheiro e, após alguns passos, dou de cara com Priscila me seguindo.

— O que você está fazendo? — pergunto, ciente do quão histérica estou soando. Priscila pisca e olha para os lados de um jeito inocente demais.

— Indo ao banheiro — diz.

— Me vigiando. Como na escola. Como em todo lugar — afirmo, e Priscila chacoalha a cabeça.

— Não, juro que…

— Bom, aí vai uma novidade pra você e pra todo mundo: — E então elevo a voz — *Não* estou doente. *Não* preciso de ajuda. Já que você faz tanta questão de falar da minha vida pra todo mundo, vê se pelo menos espalha a verdade em vez de ficar mentindo pra fazer os outros sentirem pena de mim!

Entro e bato a porta com toda a força em sua cara estupefata. Pressiono o nome da minha mãe na tela e imploro para ela me tirar dali.

Capítulo 18
DIA 15

Dou de cara com Rodrigo logo que chego à faculdade na segunda-feira. Ele acena e sorri quando me vê, e eu o odeio por isso. Odeio seus olhos bonitos, sua pinta idiota no rosto, odeio o sorriso falso enquanto acena para mim, exatamente igual ao do Enzo se despedindo sem nem ter a decência de me levar até o portão. Odeio quando ele age comigo como se eu fosse uma completa estranha. Eu sinto falta dele. Odeio a mim mesma mais do que tudo.

Pisco e logo Enzo se desfaz. Sobra apenas Rodrigo, de pé na minha frente.

— Bom dia, bichete — diz, os dedos batucando sobre um caderno que ele traz na mão. — Como foi seu final de semana?

Péssimo. Um churrasco desastroso, uma mãe superpreocupada, três mensagens não lidas de uma Priscila e *tanta* comida. O suficiente para um mês inteiro.

~~Um pedaço de picanha,~~
~~um copo de suco,~~
~~quatro colheres de arroz,~~
~~duas de feijão,~~

~~um bife,~~

~~um tomate,~~

~~meio pepino,~~

~~uma linguiça inteira.~~

— Ótimo — respondo, firme. — E meu nome é Duda. Você já sabe disso.

— Eu sei disso — confirma, irritantemente animado. — Mas "bichete" é bem mais a sua cara.

— Cadê a Kátia? — pergunto.

— Está vindo. — Ele consulta o celular rapidinho. — Vou pegar um café. Quer alguma coisa?

— Não, obrigada.

Ele ergue as sobrancelhas, como se a minha secura o surpreendesse, e depois suspira.

— Certo. A gente se vê, então.

Ele se vai, e rapidamente desvio o olhar e o caminho, procurando minha sala. Acho que meu destino é afastar todo mundo que se aproxima de mim.

Capítulo 19

— **Estamos prontos quando você estiver** — diz mamãe, e prendo a respiração. Nunca estou pronta. Nunca estarei pronta. Se formos esperar, então ficaremos aqui para sempre.

Estamos no consultório médico frio e branco, exceto pelos adornos coloridos e infantis que a doutora insiste em colocar nas paredes. Doutora não. Endocrinologista. Engordadora. Bruxa. Enganadora.

Ela e minha mãe me cercam, me deixando frente a frente com a Máquina da Verdade. Ela é pequena e gelada e poderia parecer inofensiva para alguém que não a conhecesse tão bem quanto eu. Temos uma relação longa, nós duas; longa e complicada. Ela já foi minha amiga um dia, mas há muito tempo decidiu que eu não mereço sua compaixão.

Aparentemente esse é um padrão em minha vida.

Encaro a base fria de metal, a boca enorme que espera para me engolir. Seus olhos cheios de números me ameaçam, mas ela parece me esperar de braços abertos. Quero e não quero me perder no seu abraço novamente — embora não faça muito tempo desde a última vez, é diferente encará-la no conforto da solidão e enfrentá-la à força e com um público ansioso à minha volta. Por um lado, ter o veredito me trará alguma paz: sabendo, posso decidir o que fazer. Por outro, só a ideia do que posso ouvir dessa nossa conversa me enlouquece. Talvez a ignorância seja mesmo uma bênção.

Nos segundos que se passam, penso nos últimos dias. Nos erros que cometi, nos pecados imperdoáveis, no quanto desisti de mim mesma. Uma voz na minha cabeça me lembra de que já fui melhor, mais forte que isso. Abandonei meus objetivos, larguei meus sonhos, me aliei ao lado perdedor. Fui fraca, sou fraca, covarde, desistente, perdedora, acabada, fraca, fraca, FRACA.

FRACA.

Dou um passo trêmulo, depois outro. Subo, meus pés gelando, meu corpo tremendo. Prendo a respiração e fecho os olhos, mas sei que não fará diferença; em poucos segundos, todo mundo em um raio de um quilômetro poderá ouvir o resultado.

Reabro os olhos quando a curiosidade me vence. Minha última pesagem em casa parece ter ocorrido em um passado distante, quase utópico. A Máquina da Verdade é mais cruel no consultório. Ela busca com maior afinco. A engordadora mexe no peso de metal, indo para a frente, para a frente, sempre para a frente, e quando acho que ela não pode me inchar mais, ela continua indo. Então para.

O anúncio do peso vem alto e claro, gritado aos quatro ventos com fogos de artifício que brilham nos olhos da minha mãe. Todos na sala comemoram como se fosse réveillon. Eu me limito a encarar a Máquina da Verdade, aquela horrível traidora. Ela pisca para mim, como se estivesse contente por arruinar minha vida.

Minha mãe bate palminhas para si mesma. Parabéns, mamãe. Vocês conseguiram. Conseguiram me inchar, explodir, inflar, esticar, acabar com o tiquinho de controle que eu ainda tinha. Olho para mamãe querendo acusá-la, mas ela está ocupada demais sendo feliz às custas da minha miséria. Não percebe o quanto sua alegria me destrói.

— Vamos repetir alguns exames, está bem? — continua a médica, como se eu não estivesse ali. Pensando bem, talvez não esteja. — Quero ver se os níveis de ferro e de vitaminas voltaram ao normal. Acho que já podemos suspender alguns suplementos também, agora que ela está se alimentando direitinho. Parabéns, Duda, você está indo muito bem!

Sim. Bem para o fundo do poço. Para a destruição total. Sou um fiasco, um fracasso, uma perdedora. Estou gorda. Sou gorda. Sou enorme. Quando isso vai acabar?

— E quais são os próximos passos, Michele? — pergunta mamãe. Encaro as duas sem saber por que exatamente sou convidada para essas consultas, já que nenhuma delas me deixa falar.

— Se os exames vierem certinhos, só manter o bom trabalho. — responde — A Duda está clinicamente ótima, comendo bem, está até um pouco acima do peso. Parece que foi só uma dieta exagerada, mas já passou, não é? Não temos com o que nos preocupar!

Engulo em seco e forço um sorriso. Minha mãe sorri aliviada. Enquanto o *um pouco acima do peso* ecoa aos gritos na minha cabeça, ela só consegue ouvir da boca da médica o que eu mesma venho tentando dizer há meses. Estou bem. Estou bem. Estou bem.

Respiro fundo enquanto Michele anota toda a bateria de exames. Só mais algumas coletas de sangue me separam da liberdade. Alguns números num papel e serei uma Menina Saudável. Aí talvez mamãe possa confiar em mim de novo. Então terei minha vida de volta.

Em silêncio, tento me convencer de que é só um número, mas quanto mais repito isso para mim mesma, mais parece me assombrar.

Capítulo 20
DIA 29

Acabo de chegar da faculdade quando meu celular vibra no bolso da calça. Deixo minha bolsa sobre a cama, me sento e pesco o aparelho, abrindo o aplicativo de mensagens de imediato. O número é desconhecido, mas abro a mensagem mesmo assim.

> **Número desconhecido:** *Oi, Duda. É a Sofia*
> *Não sei se vc vai lembrar de mim, mas sou*
> *amiga da Priscila*
> *Tudo bem?*

Franzo a testa, tentando me lembrar, e então uma imagem borrada me vem à mente. Sofia faz faculdade com Priscila. Nós saímos juntas algumas vezes, quando Priscila ainda tentava me chamar para ir a bares, restaurantes, hamburguerias ou qualquer tipo de passeio que envolvesse comida. Foi na fase em que ela ainda tentava me apresentar às suas novas amigas, me incluir.

Já faz uma vida inteira. A tal da Sofia mesmo, não vejo já tem uns bons seis meses, apesar de ela ser uma das três pessoas que ainda visualizam e reagem aos meus poucos posts

Para Ana, com Amor   69

nas redes sociais. Não faço a menor ideia de por que ela poderia estar me escrevendo.

> **Duda:** *Oi. Tudo bem, e vc?*

Sofia: *Tudo* ☺
Então. Semana que vem é meu aniversário, e vou comemorar aqui em casa
Vai ser sábado, dia 16, lá pelas 19h
Queria mto que vc viesse

Pisco algumas vezes, encarando o telefone. De onde saiu isso? Priscila ficou com pena de mim e mobilizou os amigos para me incluir nos seus programas, como se eu não tivesse capacidade de arranjar o que fazer por conta própria?

Não respondo de imediato. Seguro o celular com tanta força que machuco a mão. Quando o choque inicial começa a passar, tento me lembrar da trégua que eu e Priscila declaramos no final do ano passado. Tento me lembrar de que ela foi, literalmente, a única a me estender a mão. Tento me lembrar de que ela e suas amigas foram minhas únicas companhias daquele dia em diante. E a quem quero enganar? Sinto falta de Priscila. O que há de tão errado em aceitar a mão que ela tão claramente se esforçou pra me estender?

> **Duda:** *Claro. Adoraria.*
> *Me passa o endereço.*

Pode ser que eu me arrependa, pelo menos vou tentar.

Capítulo 21
DIA 31

Priscila me manda uma mensagem na terça-feira à noite, mas só a vejo na quarta, a caminho da faculdade.

> **Priscila:** *Oi, Duda*
> *Vc vai na festa da Sofia? Se quiser, posso te dar carona*
> *Me avisa*
> *Beijos!*

Pondero sobre isso no caminho. A festa vai rolar no sábado, e ainda não consegui decidir se de fato quero ir ou não. Por um lado, não conheço ninguém além de Priscila e da própria aniversariante. Por outro, não conhecer ninguém me dá uma chance única de talvez não precisar impressionar as pessoas — não há expectativas a serem atendidas quando não sabem quem você é.

Se eu aceitar, estou concordando com tudo que vem no pacote: uma noite de conversa fiada com estranhos, o sentimento de estar deslocada, possivelmente comer na frente de pessoas que não conheço. E Priscila. Acima de tudo, Priscila, que me conhece até o talo, com a mania incômoda de ouvir o que eu não digo e ver o que não estou mostrando. É muita coisa, talvez demais.

Mas também vou aceitar não me sentir completamente isolada do mundo por algumas horas, ter a oportunidade de furar a bolha que se instalou ao meu redor desde que terminei com Enzo e não disparar sirenes em todo mundo por qualquer mísero movimento. E, de novo, Priscila. Sempre, sempre Priscila, a borboleta social que me fez navegar por tantas situações de saia justa, que tem o dom de fazer com que eu me sinta confortável comigo mesma, que genuinamente gosta de mim. Sei que gosta, porque ficou por perto, porque ainda está aqui, porque segue tentando.

A questão é: será que eu também estou disposta a tentar?

Me despeço da minha mãe ainda segurando o telefone e respondo enquanto ando.

Duda: *Pode ser. Que horas?*

Mal envio e ouço meu nome sendo chamado ao longe. Olho para os lados e acho que estou enlouquecendo quando não vejo ninguém, mas escuto novamente, mais perto agora. Eu me viro e dou de cara com Kátia vindo na minha direção, arrastando Rodrigo pelo braço.

— Meu Deus, você não me ouviu chamar? — pergunta ela ao se aproximar. Ainda de mãos dadas com o namorado, passa um braço pelos meus ombros, como se fôssemos velhas conhecidas.

— Bom dia, bichete — diz Rodrigo, todo simpático, acenando para mim com a mão desocupada. Não me dou ao trabalho de responder, limitando-me a um olhar azedo.

— Quer tomar café com a gente? — convida Kátia, já me fazendo desviar do meu caminho normal para seguir em direção à lanchonete. Não sei se são eles ou se sou eu, ainda cismada com o convite de Sofia, mas me sinto como uma criança que não pode ser deixada um minuto sozinha, passada de mão em mão; ninguém *realmente* me quer por perto, mas todos têm pena de mim.

Olho de soslaio para eles. Não, Kátia não tem pena de mim; se tivesse, não estaria aqui, não quando tem seus milhares de seguidores nas redes e um namorado que dedica toda a atenção do mundo para ela. Já Rodrigo... Rodrigo, assim como Enzo, como meu progenitor e como todos os homens antes dele, só me tolera. Tenho certeza de que, se ele pudesse escolher, não escolheria andar comigo. Ele é um bom namorado.

— Eu já comi — digo, tentando me desvencilhar do abraço de Kátia. Estamos tão perto da cafeteria que já consigo sentir o costumeiro cheiro de gordura impregnando minhas narinas e fechando a minha garganta.

— Ótimo. Então você me faz companhia enquanto o Rodrigo come. — Ela pisca para mim, sem me soltar, mas de repente não me sinto mais tão desconfortável.

— Não, amor! A gente não tomou café, você precisa comer — rebate Rodrigo, impaciente.

— Rô, faz parte da dieta, lembra? Jejum pela manhã — responde Kátia, parecendo muito satisfeita consigo mesma. Ela me solta e pesca o maço de cigarros dentro da bolsa.

— Mas fumar pode? — diz Rodrigo ao parar próximo a um banco e soltar a mochila. — Só um café, Kátia.

— Ela já falou que não quer — solto, então, ríspida, sem sequer me dar conta de que estou falando em voz alta. Mas a maneira insistente com que ele tentou forçá-la foi demais para mim; é como se eu estivesse vendo minha própria vida se desenrolar na minha frente.

Kátia pisca para mim e Rodrigo bufa, erguendo as mãos em rendição antes de nos dar as costas e ir até a lanchonete. Só então Kátia e eu nos sentamos, ela soltando longas baforadas e eu encarando meus pés.

— Que dieta é essa? — pergunto, a curiosidade por fim me vencendo.

—Ah, é uma ótima. — Ela cruza as pernas e se inclina para mim, como se fosse me contar um segredo. — Jejum da noite até de manhã e mil e quinhentas calorias ao longo do dia. Dizem que dá pra perder até quatro quilos em uma semana. Não é ótimo?

Não, penso. É ineficaz. É excessivo. Mil e quinhentas calorias? Isso dá para alimentar a população de uma cidade inteira. É absurdo. Nunca vai dar certo.

Então olho para Kátia e seu corpo perfeito e me dou conta de que, com um corpo desses, ela pode se dar ao luxo de fazer dietas ineficazes. Ela é perfeita. Nunca vai saber o que é lutar para ter controle de verdade.

— Parece ótimo — minto, e é tudo que digo sobre o assunto.

Capítulo 22
DIA 34

Minha mãe vai até a lua e volta quando digo a ela que tenho um compromisso. Ela não diz, mas estou certa de que pensa que, depois de tudo, não havia me restado nenhum amigo. Não é como se ela visse o mesmo movimento de antes; nem Drica, nem Patrícia, nem nenhuma das garotas que costumavam frequentar a nossa casa nos visitam há meses. Ou falam comigo. Ou lembram da minha existência.

Então ela aprovou o passeio sem perguntar muito mais além do endereço e à que horas deve me buscar. Quando fui me despedir, ela sorriu tanto que achei que fosse chorar. Não consegui definir se aquilo me deixava feliz ou deprimida — se até minha mãe acreditava que eu era um caso perdido, o que isso fazia de mim?

Priscila passa pouco depois das seis para me pegar. Eu a espero em frente ao prédio, a respiração rápida denunciando a ansiedade. Meus dedos trabalham freneticamente enquanto puxam fios soltos na minha blusa, só para me ocupar. É meio de março, e o clima está abafado, mas estou de jeans e uma camiseta de manga longa, sem coragem de expor um centímetro a mais de pele do que o necessário. Se eu pudesse, andaria coberta dos pés à cabeça.

O carro estaciona, e Priscila baixa o vidro para que eu a veja no volante. Meu coração está acelerado e sinto meu rosto queimar de vergonha, mas entro. Um garoto que não conheço está no banco do passageiro.

— Oi. — Priscila me recebe sorridente quando entro. Ela está linda, mesmo sem maquiagem, com um vestido que deixa seus braços e pernas roliças à mostra. Não invejo seu corpo, mas a audácia; jamais teria coragem de me expor desse jeito. — Você já conhece o Matheus?

— Olá! — O garoto se vira e acena para mim, com um sorriso. Ele tem cabelos castanhos na altura dos ombros, rosto magro e angular, e parece estar deixando a barba crescer, embora ela seja meio falha em alguns pontos.

O namorado, completo mentalmente. Porque é claro que ela está namorando; Priscila consegue tudo o que quer.

Balanço a cabeça, afastando os pensamentos ruins. Hoje não.

— Oi — murmuro, sem jeito.

Priscila faz várias tentativas de engatar uma conversa no caminho, mas estou ansiosa demais para me sentir à vontade. Tento me concentrar em coisas fúteis, como a mancha do estofado e a letra da música que toca no rádio. Por fim, ela desiste de estabelecer algum contato comigo e conversa sobre trivialidades com o namorado. Não presto atenção. Só respiro. Só preciso respirar.

Paramos em frente a uma casa simples, de portão branco e paredes amarelas. Um Golden Retriever se espreme entre o portão e o carro parado na garagem, latindo para nós. Priscila toca a campainha e logo Sofia vem nos receber.

— Feliz aniversário! — grita Priscila, animada, inclinando-se para abraçar a amiga de modo a compensar a diferença de altura; enquanto ela é uma torre de mais de 1,70m de altura, Sofia mal passa de um metro e meio.

— Obrigada! — Ela devolve o abraço e, em seguida, é envolvida por Matheus.

— O presente fui eu quem comprei — diz ele, entregando um pacote a Sofia antes de abraçá-la.

— Mentiroso — brinca Priscila, revirando os olhos.

Não consigo tirar os olhos deles. A experiência de observar pessoas que estão completamente confortáveis na presença uma da outra tem quase um caráter científico para mim. Eles sorriem sem esforço, brincam, encostam um no outro sem qualquer constrangimento. Me sinto uma alienígena. Não tenho essa intimidade com ninguém. Nem Kátia, que talvez seja a pessoa mais próxima de mim atualmente, age assim comigo.

E, então, Sofia se vira para mim.

— Duda! Que bom que você veio!

Ela parece genuinamente contente em me ver, o que me pega desprevenida. Nada da pena que imaginei que veria. Nenhum sinal de que me convidar fosse menos do que seu desejo. Não é exatamente a espontaneidade com que ela, Priscila e Matheus se falam, mas também não é aquela distância polida que se usa com visitas inesperadas. É um sorriso acolhedor que faz com que o aperto no meu peito diminua um pouco.

— Parabéns — digo, e enquanto isso, minha mente completa: *Obrigada por ter me convidado.*

Capítulo 23

Há poucas pessoas que eu conheço ali, apenas Priscila, Matheus, Sofia e alguns colegas delas da faculdade que conheci por alto em outras ocasiões.

Sofia mora numa casa térrea, ampla o bastante para abrigar ela, a mãe e Nina, a Golden Retriever. Assim que entramos, me deparo com umas cinco ou seis pessoas na sala, em volta da mesa de centro, debruçadas sobre um tabuleiro do Jogo da Vida. Respiro aliviada quando noto que, além do refrigerante, não há nenhuma comida em volta.

Sofia faz as apresentações, mas não gravo todos os nomes. Alguns rostos são familiares, mas ou ninguém me reconhece, ou estão concentrados demais no jogo para repararem em mim. De toda forma, agradeço mentalmente. Sento em um sofá e os observo jogar, me sentindo mais confortável do que esperava.

— E aí, como estão as coisas? — Sofia se senta ao meu lado, com um copo de refrigerante na mão. — Na última vez que a gente se viu, você tava pra prestar vestibular, né?

— Sim. — respondo, embora não saiba exatamente quando foi que a vi pela última vez. Em setembro, no aniversário de Priscila, talvez? Me pergunto se ela se lembra da cena humilhante que eu e Enzo protagonizamos, se alguma parte dela teme que aconteça hoje de novo.

Não, decido. Ou não se lembra, ou não se importa. Se Sofia se importasse, eu não estaria aqui.

— Legal! E passou? — pergunta.

— Passei! Primeira chamada! — Sorrio, com uma pontinha de orgulho. Provavelmente meu único motivo de orgulho ultimamente.

— Parabéns! Você prestou... para biologia, né?

— Biomedicina.

— Isso! — Ela beberica o refrigerante e sorri. — E aí, como tem sido?

— Ótimo — respondo, no automático. E, talvez por Sofia estar sendo tão legal comigo, talvez por não sermos exatamente próximas, me sinto à vontade para completar: — Difícil.

— É assim mesmo.

— O que é assim mesmo? — diz Priscila, se aproximando com Matheus. Os dois se sentam no chão mesmo, de mãos dadas. É algo tão simples e íntimo que desvio o olhar.

— Faculdade.

— Uma bosta — responde Matheus, fazendo Sofia e Priscila rirem.

— Se tá bom, você não tá no curso certo! — afirma a namorada.

Seguimos conversando e, embora eu observe mais do que participe, em nenhum momento eles fazem com que eu me sinta excluída. Quando o pessoal termina a partida de Jogo da Vida e decide começar um novo jogo de tabuleiro — Imagem e Ação —, eu até me divirto, e a sensação é ao mesmo tempo reconfortante e estranha.

Me lembro das festas a que costumava ir, onde o único jogo permitido era Verdade ou Desafio. Lembro das fofocas, das longas conversas e das vezes em que eu tinha convites para uma festa diferente a cada fim de semana. Me lembro de quando eu era protagonista da minha vida. Quando foi que perdi o controle a ponto de me tornar só uma coadjuvante em episódios esporádicos no dia a dia de alguém? Não, menos que coadjuvante. Figurante. Mesmo agora, enquanto jogamos, é como se eu estivesse aqui só para preencher um espaço vazio que poderia ser ocupado por qualquer um. Ninguém faz questão da minha presença. Talvez nem mesmo Priscila.

Preciso muito de ar.

De alguma forma, acho que Priscila percebe o que está acontecendo, porque, quando a olho, ela está me encarando. Ela faz um sinal com a cabeça, e sorrio, grata. Priscila se levanta primeiro.

— Alguém quer alguma coisa da cozinha? — diz. Todo mundo recusa a oferta, mas eu me levanto.

— Queria uma água. Me mostra o caminho? — digo.

Eu a sigo em direção à cozinha, felizmente vazia. Enquanto Priscila vasculha os armários em busca de copos com a familiaridade de quem já entrou ali várias vezes, prendo o ar para não sentir o cheiro intoxicante do que quer que esteja assando no forno. A cozinha está abafada, e vou até a janela em busca de um ar mais fresco. Priscila me alcança e estende o copo.

— Está gelada, pode ser?

— Pode.

Aceito o copo de bom grado, bebericando devagar. Ficamos paradas uma de frente para a outra em um silêncio que é tão incômodo quanto confortável. Evito olhar para ela, enquanto Priscila faz o extremo oposto. Esse é o problema dela. Observa demais.

— Estou feliz que você veio — fala, então.

Procuro nas entrelinhas alguma intenção velada, mas sei que não há nenhuma. Mesmo quando quero odiá-la, Priscila não colabora. Ela é sincera, e eu a amo e a detesto por isso. Tento sorrir.

— Eu também. Obrigada por ter me chamado.

Ela ri.

— Não tive nada a ver com isso! A Sofia queria te convidar e eu só passei o seu contato pra ela.

Isso me pega de surpresa. Não lembro quando foi a última vez que uma pessoa que não a própria Priscila me convidou, espontaneamente, para algum evento. É então que Priscila lê meus pensamentos.

— Sei que você acha que ninguém mais quer você por perto, mas não é verdade. Tem muita gente que se importa com você, Duda. Muita gente que só quer o seu bem.

Sinto meus olhos se encherem de lágrimas e minha voz engasgar enquanto respondo:

— Não é o que parece. Você sabia que ninguém me mandou uma única mensagem depois do… episódio?

Priscila respira fundo, balançando a cabeça devagar. Não sei se a informação é nova ou não, mas ela não parece surpresa, apenas profundamente decepcionada. O silêncio dela tira alguma coisa de dentro de mim, uma trava que eu não sabia que estava lá. Quero gritar, mas falo cada vez mais baixo.

— Eu fiquei tão sozinha, Pri. Tão sozinha. Todo mundo me tratou como se eu tivesse uma doença contagiosa, como se eu fosse surtar a qualquer minuto de novo. Quando eu precisei, todo mundo foi embora.

Todo mundo menos ela, penso. Mas é difícil pensar que Priscila não me abandonou também, quando seu jeito de ficar por perto me feriu tanto. Quando ela ignorou meus apelos e dedurou todos os meus segredos e anseios mais íntimos para a minha família, fazendo minha mãe acreditar que eu estava correndo algum risco, que eu estava... que eu estou... doente.

Priscila segura minha mão, os olhos tão marejados quanto os meus. Ela aperta meus dedos entre os dela e eu aperto de volta.

— Me desculpa, Duda. Me perdoa — diz, pela primeira vez em voz alta, na minha frente, desde que tudo aconteceu. — Me perdoa se pareceu que eu virei as costas para você, que eu te traí. Nunca foi isso. Mas eu estava desesperada. Eu estava vendo a minha melhor amiga se destruir bem na minha frente e não sabia mais como te ajudar, e quando você caiu, aquele dia no prédio, eu...

A porta da cozinha se abre e largamos as mãos subitamente. É a mãe de Sofia.

Pelo menos acho que é a mãe dela. A semelhança é incrível, apesar de ela ser um tiquinho mais alta e ter cabelos cheios e encaracolados. O tom marrom-escuro de pele é o mesmo, e a bondade e sinceridade com que sorri para mim também.

— Desculpa atrapalhar, meninas — diz ela, quando nos vê, indo em direção ao forno. — Só vim checar se as pizzas já estão ficando prontas.

— Imagina, tia — diz Priscila, limpando os olhos com as costas da mão. Ela aperta minha mão uma última vez e diz: — Vamos?

— Já vou — digo, porque não estou pronta para encarar ninguém ainda.

Pri assente e vai sem mim. Tento ignorar a mãe de Sofia e beberico meu copo d'água, tentando disfarçar o fato de que o líquido parece abrir um buraco em meu estômago. Ouço o barulho do forno abrindo e respiro fundo. E é aí que eu sinto.

O cheiro. Delicioso, de massa, molho e queijo, tão morno e tenro que faz cócegas nas minhas narinas e parece descer direto até a minha barriga, fazendo-a roncar. Seguro o copo com as duas mãos, tomando um longo gole, torcendo para que a água leve embora aquela dor. Não agora. Não quando estou indo tão bem.

A mãe de Sofia retira do forno uma assadeira com várias minipizzas e a deixa sobre o fogão. Em seguida pega um prato, serve uma e a entrega para mim.

— Obrigada, eu não… — Meu estômago ronca, tão alto que tenho certeza de que a casa inteira pode escutar. — Eu não como massa.

Estou de dieta, penso em completar, mas não o faço. Penso na terapia, nos médicos e em mamãe, em todos os esforços para que eu seja uma Menina Saudável, e a palavra simplesmente não sai.

— Ah! — diz, surpresa, deixando o prato sobre a pia. — Bom, então deixa eu levar estas lá para a sala e vamos arranjar alguma coisa pra você comer, está bem?

Faço que sim, prendendo a respiração para evitar que o cheiro tome conta de mim, mas é inútil. Meu corpo todo me trai: meu olfato se deleita com o cheiro, meus olhos seguem o prato, minha mão sua de ansiedade e minha boca saliva em antecipação.

Uma Garota Forte não comeria. Uma Garota Forte resistiria.

Mas uma Menina Saudável saberia dizer não?

Capítulo 24

Quando a porta da cozinha se abre novamente, tomo um susto tão grande que deixo o prato cair. Ele se espatifa no chão, mas a pizza permanece intacta — ou, pelo menos, o que restou dela. Não há mais que uma mordida em minhas mãos.

— Mudou de ideia? — diz a mãe de Sofia, com ar divertido, e então olha para a bagunça no chão. — Tem mais lá na sala. Pode ir, eu cuido disso aqui.

Concordo sem dizer nada, aproveitando a última mordida. Está deliciosa, crocante e macia ao mesmo tempo, o queijo derretendo na minha boca em uma explosão de fogos de artifício. E meu estômago ruge, pedindo mais.

Quando volto para a sala, vejo que a mesa de centro se transformou em uma mesa de jantar. As pizzas estão dispostas e todos fizeram uma pausa no jogo para comer. Junto-me a eles e pego mais uma, completamente alheia aos meus pensamentos.

Eu só
preciso
comer.

Devoro mais duas pizzas, e só paro ao perceber que não há mais nenhuma. Então olho para minhas mãos engorduradas e sujas e me dou conta do que fiz.

— Onde é o banheiro? — pergunto, colocando-me de pé.

Há um momento de silêncio. Priscila me encara com uma preocupação vívida que só eu e ela entendemos.

— Só preciso lavar as mãos — asseguro, de maneira um pouco mais urgente do que pretendia. — Onde é o banheiro?

— Primeira porta à esquerda — diz Sofia, apontando o corredor do outro lado da sala.

Assinto e vou, a passos rápidos, olhando para trás na espera de que alguém me siga. Ninguém o faz, mas sinto olhares nas minhas costas. Entro no banheiro e fecho a porta. Acendo a luz.

Há um espelho acima da pia, mas não consigo encará-lo. Em vez disso, abro a torneira e enxaguo as mãos, esfregando o sabonete com violência. Esfrego as palmas e as costas das mãos, entre os dedos e sob as unhas, e quando percebo que não vai ser suficiente, subo o sabão até os cotovelos, esfregando sem parar.

Suja, suja, suja. O que eu estava pensando, comendo daquele jeito? Me entupindo de gordura. Cedendo. O que estou *fazendo*?

Lágrimas pesadas me cegam e eu ergo o rosto por um segundo. Encaro meu reflexo e me deparo com uma cara redonda, imensa, vermelha de vergonha. Há molho nos cantos da minha boca engordurada, vermelho como sangue. Talvez seja sangue. Sou uma assassina — matei meu próprio corpo, de novo e de novo.

Quando isso vai parar?

Ergo a tampa do vaso e me ajoelho, arfando. A massa já está pronta para sair por onde entrou, pronta para ser expurgada como tem que ser. Só preciso encostar…

— Duda? — Há batidas leves na porta. Sofia, presumo, pela voz. — Você precisa de alguma coisa? Está tudo bem?

Encaro o vaso e então a porta. Se eu fizer o que preciso fazer, eles vão saber. Se souberem, vão contar. Se contarem, meus dias de Menina Saudável estão acabados.

Eu me levanto e abro a porta. Priscila está ali. Eu a odeio e a amo na mesma medida pelo *timing*; não sei dizer se está me salvando ou me coibindo. Na dúvida, engulo em seco. Não ouso sorrir, mas dou um fraco aceno de cabeça.

— Está tudo bem — garanto, e volto para a sala como se nada tivesse acontecido.

Capítulo 25

Sento no sofá, assistindo à festa se desenrolar diante de mim. Todo o som se esvaiu, ou talvez seja só a minha cabeça que está gritando alto demais.

Sou forte. ~~Estou doente~~. Sou forte. ~~Estou doente~~.

Os dois pensamentos se dividem na minha cabeça. Não consigo decidir qual das mentiras é a maior.

Talvez as duas.

Talvez não haja mais nada real a que me apegar e eu esteja apenas cada vez mais presa na teia de inverdades que deixei que tecessem para mim.

Esse é o problema de não conseguir se ver de verdade. Porque é essa a questão, não é? Eu não me vejo. Eu não me conheço. Conheço apenas as versões distorcidas que me contaram sobre mim. Conheço a Duda abandonada pelo pai, fazendo greve de fome para chamar atenção. Conheço a Duda que era amiga das meninas bonitas do colégio, mas que nunca era escolhida em primeiro lugar por ninguém. Conheço a Duda doente. Todas elas foram combatidas de fora para dentro. *Não faça pirraça, Duda, é feio. Você é parça, Duda, uma grande amiga. Você precisa se tratar, Duda, ninguém te aguenta mais. Você precisa ser forte, Duda.*

Forte. Eu luto tanto para ser forte. Mas não querem a força que eu tenho, querem a força que inventaram para mim. Eu existo, mas ninguém me enxerga. Só enxergam a Duda que eles criaram, e tentam me forçar a enxergar ela também.

Até quando?

Capítulo 26
DIA 35

Estou sufocando.

Já passa da meia-noite quando Priscila me deixa em casa. Saio tão afobada do carro que deixo meu casaco para trás. Não sei como consegui ficar até o fim da festa, mas já tinha fingido por tanto tempo... O que seriam mais algumas horas?

Entro no quarto. Tiro todas as roupas. Evito os espelhos. Abro o armário. Pego a balança.

Mais uma vez, estou frente a frente com a Máquina da Verdade.

Num flash, repasso tudo o que aconteceu desde o nosso último encontro. Tantos erros. Tantas maldades. Tantos sacrifícios.

Será o suficiente?

Não quero olhar, mas, ao mesmo tempo, preciso saber. Preciso saber o que tudo isso me custou. Preciso, mereço ser julgada pelos meus crimes. Subo, e dessa vez deixo os olhos bem abertos. Estou tomada por uma estranha calma enquanto vejo os números subindo. Não sei bem, mas tenho a certeza de que isso tudo acaba aqui. Agora.

Ali, parada, encarando os números, percebo que não sou nada. Ou melhor, sou tudo — todo o peso do mundo, toda a feiura, toda a podridão. Estou acabada. Matei o que restava da Ana Eduarda que eu conhecia.

Capítulo 27
DIA 39

Café da manhã.
Um copo de leite com café
Meio pão francês
Uma fatia de queijo branco

Não posso contar. Não devo contar. *Meninas Saudáveis não contam.*

Como em silêncio, porque é o que se espera. A comida desce seca, e, mesmo depois de empurrar o último naco com café, ainda tenho a sensação de que está tudo preso na minha garganta. Quero tirar cada grãozinho amaldiçoado de dentro de mim, mas, quilos a mais ou não, mamãe permanece me vigiando com olhos de águia. Vou ter que esperar.

Chego atrasada na faculdade e o tempo passa devagar. Continuo inquieta. Gostaria de dizer que vou esquecer, mas não é verdade; eu nunca esqueço. Mesmo sem anotar, sei de todos os meus pecados. Meus exames de consciência são minuciosos. Nunca deixo nada passar.

Para Ana, com Amor

Murmuro os números repetidamente, desenho-os numa página qualquer do caderno. São trilhões e bilhões e os zeros subindo. Sem parar. Os números não param, indo para cima, sempre para cima.

Quando o professor nos libera, sinto que estou a ponto de explodir, literal e figurativamente. Corro para o banheiro mais próximo e me tranco na cabine para pessoas com deficiência, sem me preocupar com as garotas nos privativos ao lado. Me abaixo e levanto o cabelo com uma das mãos. Com a outra, tento uma, duas, três vezes. A vontade vem, meu corpo responde, mas já não há mais nada ali. Errei. De novo. Agora é tarde demais.

Capítulo 28

Estou há cinco horas e vinte e quatro minutos sem comer.

Contabilizo cada segundo sentindo a culpa pressionar meus ombros. Enquanto conto, parte de mim não consegue evitar os pensamentos: o que mamãe acharia se pudesse me ver e ouvir agora? O que ela diria? Como olharia para mim?

Consigo imaginar, e a cena não me agrada nem um pouco. Sei o que ela quer de mim, o que espera. Quer que eu seja uma Menina Saudável. Minha mãe quer que eu fique bem; só que bem nos termos *dela* e da sua equipe de psicopatas que vêm tentando me transformar num monstro obeso. Mas eles não veem, não entendem, não percebem que eu *já estou* bem. Não estou tentando me matar. Nunca estive. Eu só quero ser

bonita,

magra,

perfeita,

limpa,

leve,

forte.

Para Ana, com Amor

Capítulo 29

— **Filha, vem almoçar** — grita mamãe, lá da cozinha.

Estou há quase sete horas sem comer. Parece mais, mas sei que ainda não é o bastante. Errei. Estou suja. Dez horas é o mínimo.

Vou até a cozinha. Meu prato já está servido, esperando sobre a mesa. Mamãe está junto ao fogão, enchendo o próprio prato.

— Posso comer no meu quarto? Tenho um trabalho pra fazer — digo, mantendo a ansiedade sob controle. Mamãe franze o cenho.

— Trabalho? — diz, enquanto se senta. — Já?

— Já — minto. Estou nervosa e espero que ela não perceba. Não porque estou mentindo, mas porque preciso que ela acredite. Ainda faltam três horas.

— Você pode comer e fazer depois — mamãe argumenta, abrindo aquele sorriso firme de mãe que sabe quando a estão tentando enrolar. — Senta! A comida está esfriando.

Hesito, mas obedeço. Não sei por que achei que essa mentira fosse funcionar. Antigamente ela compraria qualquer desculpa, mas está cada dia mais difícil.

Encaro o prato colorido e me pergunto se mamãe se dá ao trabalho porque faz bem a ela ou porque acha que uma montagem bonita vai me convencer a comer. Quando eu era pequena, mamãe costumava fazer desenhos com a comida no prato e eu adorava.

Mas eu cresci.

Respiro o cheiro ácido da comida e meu corpo se contorce com a fome. Dói. É bom. Dor é poder. Dor é controle. Doer é o que me lembra de que estou no caminho certo. Só por meio dela vou me tornar digna de novo.

Mamãe está me observando e esperando. Até quando serei obrigada a viver sob a custódia dela, sob seu julgo? Éramos felizes antes, mas agora a convivência tornou a vida insuportável.

— Como está o trabalho? — pergunto, enquanto enrolo para levar a primeira garfada até a boca. Minha mãe respira fundo, parecendo cansada.

— Estressante — admite. Ainda com o garfo a meio caminho da boca, pergunto, num tom inocente:

— Você não sente falta do escritório? Trabalhar de casa parece horrível.

Ela pensa sobre isso por um instante, mastigando lentamente enquanto eu finjo que levei a comida à boca e devolvo para o prato, me aproveitando da distração dela. Por fim, dá de ombros.

— Sinto, mas não tem nada que eu faça lá que não possa fazer de casa. Sem contar que fico mais tranquila aqui com você.

Ela diz isso de um jeito doce, mas me pega como uma ferroada. As entrelinhas me machucam mais do que tudo. *Fico mais tranquila aqui com você, porque posso te controlar o tempo todo.*

— Será que algum dia você vai voltar a confiar em mim? — digo, soltando de vez o garfo. É uma péssima ideia, pois chama a atenção de mamãe para o fato de que não comi nada até agora, mas não consigo evitar a frustração. Mais uma vez, ela respira fundo.

— Você sabe que não é uma questão de confiar, Ana — ela aponta, sinal claro de que está aborrecida. "Ana" é sinal de alerta. "Ana Eduarda" é sinal de perigo. — Eu só quero que você melhore, filha.

— Eu não melhorei? Estou saindo. Estou estudando. — *Estou engordando*, penso, a mente revisitando todos os números que vi na balança. Mas me calo antes de ir longe demais. Em vez disso, tento uma tática diferente. — Meu psicólogo concorda comigo.

— Sobre o quê? — pergunta mamãe, confusa.

— Sobre eu estar melhorando — minto. A verdade é que não faço ideia do que se passa pela cabeça daquele velho decrépito. Ele só sabe fazer perguntas e me olhar com uma expressão indecifrável e, de alguma forma, as pessoas acham que isso vai me *curar*. Não há lugar em que eu me sinta mais doente do que dentro daquele consultório. — E sobre você precisar confiar em mim também — emendo.

Minha mãe não diz nada; apenas olha para o prato e reflete por alguns segundos, remexendo a comida de um jeito bastante semelhante ao meu quando enrolo para comer alguma coisa. Por fim, ergue o rosto, parecendo cansada, e diz:

— Vou marcar uma conversa com o seu psicólogo. Mas é só isso, entendeu, Ana? Tudo que eu estou fazendo é pensando no que é melhor pra você.

Dessa vez, sou eu quem não responde. Mas como sinto seu olhar sobre mim, me forço a comer, uma garfada após a outra, empurrando nacos de comida garganta abaixo, sem ter certeza se acabei ou não de assinar minha própria sentença de prisão perpétua.

Capítulo 30
DIA 40

É hora do intervalo e estou passando pela lanchonete quando vejo um braço se agitando. A pessoa se levanta e vejo primeiro a cabeleira loura de Kátia, que acena me chamando. Rodrigo está com ela. Me sinto ridícula em me privar da companhia dela só para me afastar *deles*, então vou na direção dos dois.

— Oi — digo, quando os alcanço.

— Oi! — Kátia me cumprimenta com um beijo no rosto.

— Servida? — diz Rodrigo, chacoalhando um enorme e gorduroso misto-quente na minha direção.

A visão é hipnotizante por alguns segundos, mas fecho os olhos rapidamente. Um sanduíche daquele tamanho é uma bomba de calorias. Uma quantidade de sódio e gordura saturada suficiente para me custar uma semana inteira de dieta restrita. Não preciso disso. Não preciso de nada disso.

— Já comi — minto, muito satisfeita em saber que uma banana e um pacotinho de biscoitos integrais estão agora muito seguros no fundo de uma lixeira. Me viro para Kátia.

— Onde você estava ontem? Não te vi o dia todo.

— Fui fazer entrevista pra um estágio — explica ela, roubando uma mordida do sanduíche de Rodrigo. Enquanto mastiga, quase posso ver a gordura se espalhando pelo corpo dela, poluindo-a de dentro para fora. Sorrio. Kátia não é perfeita, afinal. Ela é suja. Nesse quesito sou superior.

— E como foi? — pergunto. Ela dá de ombros e engole.

— A mulher que me entrevistou era muito sem noção. Juro que ela usou a expressão "trabalhar como uma cachorra" pra descrever a vaga.

— É um estágio. Ela só foi sincera — comenta Rodrigo, sorrindo e olhando para mim. Não sei por quê, mas não consigo encará-lo por muito tempo.

— E aí? No que deu? — pergunto.

— Vou saber semana que vem, mas espero que não role. Passei dessa fase de trabalhar pra caramba pra ganhar uma merreca.

— Nada que você não consiga ganhar com uma *publi* de chá emagrecedor milagroso — provoca Rodrigo, e Kátia lhe dá um tapa de brincadeira no braço. Ele a enlaça e os dois se beijam.

É demais para mim, e me levanto.

— Preciso ir, a aula já vai começar — digo, ajeitando a bolsa no braço.

— Ah, então me espera que vou com você — diz Kátia, também pegando seu material.

Quero dizer que não preciso da companhia, mas num segundo ela já está de pé, braço enlaçado ao meu, me arrastando em direção aos corredores.

— Tudo bem se passarmos no banheiro primeiro? — pergunta, e eu estranho.

— Sim — respondo, embora soe mais como uma pergunta do que uma afirmação.

Para Ana, com Amor   99

Fico ainda mais confusa quando passamos direto pelo banheiro daquele corredor e Kátia parece nem notar. Ela anda tranquilamente e vira num corredor adjacente que eu nunca tinha notado, onde há apenas três portas: o almoxarifado e dois banheiros.

Kátia empurra uma das porta e entra às escuras, acendendo a luz logo em seguida. Ele é exatamente igual a todos os demais banheiros da faculdade, só que menor e mais deserto. Não entendo o que viemos fazer aqui até eu ver Kátia abrir a porta de uma das cabines, erguer a tampa do vaso e se ajoelhar diante dele.

— Duda, pode segurar meu cabelo, por favor? Eu não tenho elástico — diz, virando-se para mim. Estou tão chocada que demoro um instante para reagir e ir ajudá-la.

Junto delicadamente seus cabelos em um rabo de cavalo, que enlaço em meu punho e seguro com firmeza. Kátia me lança um olhar grato e ela parece mais nova e mais vulnerável do que nunca. Talvez eu não tenha sido a única a pensar nos pecados contidos naquele pequeno sanduíche. Talvez ela os veja também. Talvez eu não esteja sozinha.

Observo fascinada enquanto Kátia se corrige, dedo após dedo, erro após erro. Há certo poder naquilo, e certa exposição também. É assim que eu me pareço — uma santa cumprindo sua penitência em seu altar particular?

Dura menos do que eu esperava, ou quem sabe seja porque estou observando. Kátia se levanta sem ajuda e dá descarga enquanto eu recuo e busco apoio na pia. Ela vem e abre a torneira usando as mãos para sorver um gole d'água e lavar a boca.

Estamos em silêncio, e vejo Kátia me observando pelo espelho. Ainda é difícil acreditar no que vi. Bonita, descolada, feliz *e* controlada. Ela tem tudo, ela é tudo. Não consigo decidir se a odeio ou se a venero.

— De todas as pessoas, sabia que você seria a única a entender — diz, sorrindo. — Quando te vi, soube na hora que você era como eu.

— Eu não sou nada como você — digo, admirando-a. Ela se aproxima até ficarmos lado a lado no espelho. Me sinto enorme e deformada em comparação, uma baleia ao lado de um golfinho.

— Tem razão. Você é tão… — Gorda, horrível, monstruosa, balofa, patética, grotesca, nojenta, asquerosa, ridícula. — Controlada.

Controlada?

Penso em todas as refeições, na contagem estratosférica de calorias que se acumula no meu corpo nesse exato momento. Todo o tempo que gastei com a engordadora, todos os pecados que não consigo expurgar de mim. Tento entender o que Kátia vê, mas não está lá. Meu corpo sobra para todos os lados. Pelancas despencam de cada espaço disponível, e a gordura me sobrecarrega. Tenho tudo, menos controle.

Mas ser elogiada, por maior que seja a mentira, é sempre bom, então não a interrompo.

— Você nunca sai da linha, é toda regrada — continua, seus olhos me devorando pelo espelho. — Você tem tanto autocontrole, e eu sou…

— Fraca — completo, um eco dos meus próprios pensamentos.

— Fraca — repete ela, suspirando. — Por isso quis ser sua amiga. Você me inspira. Quero ser como você.

Eu rio. Se ela soubesse…

— O que foi? — pergunta.

— Nada. É que me disseram que eu estava doente. Que eu estava louca.

— Ah, você não está louca. E definitivamente não está doente.

A voz de Kátia reverbera por dentro da minha pele, pelos meus ossos, correndo pela minha corrente sanguínea, indo de encontro a todas as outras vozes que habitam em mim: a de mamãe, a dos médicos, a de Enzo, a de Priscila. Como é possível que todos eles estejam errados? Como é possível que todos me vejam como uma pessoa doente, e Kátia não?

Mas é só pensar um pouquinho que chego à resposta. Kátia *me vê*. Ela *me conhece*, da forma íntima como só alguém que *se conhece* consegue enxergar e reconhecer a si mesma em outra pessoa. E é nisso que me agarro. Porque não importa o que me disseram até aqui. Não importa a opinião de quem nunca me viu de verdade.

Kátia me vê e fala comigo. E é tudo que preciso escutar.

Capítulo 31

— **Então, me conta o seu segredo** — pede Kátia quando voltamos aos corredores. Ela gruda novamente o braço no meu e não consigo definir se o contato me agrada ou me faz querer sair correndo.

— Que segredo? — pergunto, olhos fixos em nossos braços dados enquanto andamos. Kátia tem um pulso fino de boneca, mãos de dedos elegantes. As minhas parecem enormes, brutas em comparação.

— Você sabe. Eu andei te observando. Você quase não come! — exclama, cheia de admiração. — Como consegue?

— Não sinto fome — digo, só pelo prazer de ver a reação dela. E seu olhar arregalado não me decepciona.

— Como não? Eu não consigo *parar* de comer! — Ela solta um suspiro frustrado e viramos num outro corredor; o mesmo caminho, reparo, que Rodrigo me ensinou em meu primeiro dia. — E não é só isso. Tem o Rodrigo.

— O que tem ele? — pergunto, por um segundo acreditando que ela conseguiu, de algum modo, saber que eu estava pensando nele.

Para Ana, com Amor   103

— Ele adora comer. Adora me levar pra jantar fora, comprar chocolate de presente — sua voz vai ficando mais e mais desesperada —, mas ele pode se dar a esse luxo. Eu não.

— Sei exatamente como é — digo, lembrando de todas as brigas que eu e Enzo tivemos por esse mesmo motivo. Ele. Simplesmente. Não. Entendia.

Mas Kátia entende. Kátia é como eu.

Paramos em frente à sala, e minha aula já começou. Não quero entrar. Quero ficar, conversar mais. Não consigo lembrar quando foi a última vez que fui sincera com alguém.

Mas Kátia solta meu braço, beija meu rosto e se vai, prometendo me ver no fim do dia, ou no dia seguinte, ou seja lá quando for, e eu fico ali. Parada. Absorvendo.

Não estou louca.

Não estou doente.

Não estou sozinha.

Capítulo 32

Eu não estou doente eu não estou doente

EU

NÃO

ESTOU

DOENTE

Quero gritar, mas, dessa vez, é de alegria. Quero chacoalhar minha mãe e os médicos e o maldito psicólogo. Enzo, Priscila e todas as pessoas que me trataram como se eu estivesse maluca.

Exagerei, sim. Passei mal, fui além do que estava preparada, pisei na bola, assustei todo mundo — inclusive a mim mesma. Fiquei com tanto medo que deixei que me convencessem de que tinha algo fundamentalmente errado comigo e na minha forma de me manter na linha. Tentaram me convencer de que minha cabeça está doente quando na verdade é meu corpo que adoece a cada dia, morrendo um pouco por vez enquanto sou soterrada pelas expectativas dos outros.

Chega. Isso acaba hoje. Chega de me sentir culpada por cuidar de mim mesma. Chega de deixar que os outros decidam o que é melhor para mim. A única pessoa que pode decidir sou eu, e quem não concordar não precisa estar na minha vida. CHEGA.

Em casa, pego um caderno velho, cheio de anotações antigas do cursinho, e começo um novo diário. Nunca mais vou perder o controle. Nunca mais.

Querida Ana,

Eu sei, já faz algum tempo. Queria pedir desculpas pelo modo como terminei as coisas. A vida esteve meio atribulada por um momento. Deixei que os outros determinassem o que seria melhor pra mim. Deixei que ditassem a minha vida. Deixei que me enfraquecessem.

Ah, Ana, será que é tarde demais?

Espero que não. Não quero mais ser essa pessoa. Não quero mais baixar a cabeça. Quero voltar ao passado, quero ser eu mesma de novo. Quero...

Quero que você seja minha amiga novamente.

E então? Tem espaço pra uma amiga pródiga na sua vida? Eu tardo, mas sempre volto.

Com amor,
Duda

Capítulo 33
DIA 44

— **Duda?** — **minha mãe chama.** — Você pode vir aqui um pouquinho?

Deixo o quarto e vou em direção à sala. Antigamente, era raro ver movimento ali; minha mãe trabalhava o dia todo, eu estava quase sempre na casa de alguma amiga ou do Enzo, a sala impecavelmente arrumada. Agora, mamãe está sentada com os pés cobertos por uma manta velha, com um prato sujo ao seu lado no sofá, o notebook do trabalho no colo, uma pasta de papéis aos pés da mesa de centro e algum programa de auditório passando sem volume na televisão. O que antes parecia saído de uma revista de decoração agora vive no caos entre o *home office* e os poucos momentos de lazer.

— Senta aqui comigo? — pede, tirando o prato sujo do sofá e o colocando em cima da mesa de centro.

Sento na beirada, tentando não ocupar muito espaço. Nosso sofá de dois lugares parecia enorme quando eu era criança, até eu crescer para todos os lados e eu e mamãe ficarmos apertadas nele. Ela se remexe para me dar espaço, mas não tem muito para onde fugir. Fecha o notebook, o coloca no canto da mesinha ao lado do prato e respira fundo.

— Falei com o seu terapeuta hoje.

A informação me pega de surpresa e meu coração dispara.

— Você... como... — gaguejo, e ela coloca a mão no meu braço para me tranquilizar.

— Ana, está tudo bem. Eu tenho o telefone dele pra emergências, então liguei.

— Teve alguma emergência que eu não esteja sabendo?

— Não. Mas você tem falado sobre querer mais independência, e eu queria saber o que ele acha disso.

Se a intenção era me deixar mais tranquila, ela falha miseravelmente. Estou quase me inclinando sobre minha mãe, agarrando seu braço.

— E? — é só o que consigo dizer.

Ela dá de ombros.

— Ele não falou muita coisa, na verdade. Achei tão monossilábico. É assim nas sessões também?

— Ele é ok — digo, por falta de adjetivo melhor. A última coisa de que preciso agora é mudar de terapeuta. Pressiono:
— O que ele disse?

— Que você está se abrindo mais a cada sessão e que tem interesse em melhorar.

Pisco, soltando devagar o braço dela. Será que minha mãe falou com a pessoa certa? Não parece algo que o meu terapeuta diria. Se é que diria alguma coisa. Monossilábico é um eufemismo.

— Posso conversar com você como adulta, Ana? — minha mãe pergunta, então, e faço que sim. — Estou tão cansada.

— Cansada?

— Não de você — ela se apressa em corrigir — Você é minha filha e eu estou fazendo e vou continuar fazendo tudo que eu puder pra te ver bem. Você é a minha prioridade, Ana, sempre foi. Tudo que eu faço nessa vida, eu faço por você.

Sinto uma vontade enorme de abraçá-la, mas não me lembro de quando foi a última vez que abracei minha mãe, então apenas sorrio e continuo segurando seu braço. Ela sorri de volta, os olhos marejados.

— Mas eu estou sozinha, filha. Sempre fomos só você e eu. E eu te eduquei a vida inteira pra ser uma mulher independente, então acredite em mim quando digo que não quero te tratar como criança. Mas eu também não quero te abandonar. Não quero que você se sinta sozinha como eu me sinto às vezes.

— Você não vai me abandonar — garanto, e, pela primeira vez, não estou tentando convencê-la a me dar espaço por mim, mas por ela mesma — Você também precisa cuidar de você, das suas coisas. Eu só quero que confie mais em mim.

As lágrimas brilham sob a luz azulada da TV, e minha mãe funga e aperta minhas mãos.

— Você tem certeza disso? Tem certeza de que não precisa de mim aqui? — pergunta.

— Eu estou *bem* — respondo, enfatizando a palavra o máximo que posso sem gritar. — Se você não acredita em mim, confie no meu terapeuta, então, ou na doutora Michele. Eu estou melhorando, mãe. Eu vou ficar bem, *a gente* vai ficar bem.

Ela assente e puxa minhas mãos para beijar os nós dos meus dedos. Sinto que é um começo — ter a confiança dela de volta, meu espaço de volta, minha vida de volta. Aos poucos, vou voltando a ser a Ana Eduarda que quero ser.

Capítulo 34
DIA 45

— **O que você está fazendo?** — pergunto a Kátia quando a encontro saindo da lanchonete.

— É só um café — reclama, ao que torço o nariz. O *café* é um copo grande que junta cafeína, gelo, creme e chocolate o suficiente para aniquilar um dia inteiro de esforço.

— Só um café? Sabe quantas calorias tem um desses? — Aponto para o copo.

— Uau! Aposto que milhares! — diz uma voz em tom sarcástico atrás de mim.

Viro e Rodrigo está lá, com sua pinta ridícula e o sorriso ridículo, já passando por mim para abraçar Kátia e beijá-la, bem ali na minha frente.

— Cuidado pra não explodir, hein, amor? — brinca ele, e viro meu olhar zangado para outro lado, para não ter que tolerar os dois se abraçando. — Vai atrapalhar a sua dieta.

— Deixa de ser implicante — diz Kátia, e ouço o estalo dos seus lábios contra os dele.

— Estou ali sentado com os moleques, ok? Vai lá depois. — Ouço-o dizer.

Para Ana, com Amor   111

— Tá bom.

Ele passa mais uma vez por mim e me controlo para não o seguir com o olhar. Kátia ainda o encara, pensativa.

— Ele não gosta que eu faça dieta — explica com um sorriso melancólico. — Ele diz que eu não preciso disso.

— Tive um namorado que falava a mesma coisa. — Um nó se forma na minha garganta e eu pigarreio. — Eles não entendem que não é por eles. É uma coisa que temos que fazer…

— Pela gente — completa, e assente devagar. Kátia olha de novo para a lanchonete e para o dinheiro, já separado, e suspira. — Quer saber? Esquece o café. Vamos!

Capítulo 35

Minha mãe não me busca na faculdade naquela tarde. Sentindo o corpo vibrar de animação, volto sozinha para casa. No metrô, puxo o caderno e começo uma página em branco.

1 copo de suco laranja
3 torradas com requeijão
6 pedaços de mamão

Faço as contas. Estou dentro do limite, mas o dia não acabou ainda. Preciso me controlar, aproveitar que mamãe não está por perto.

Meu celular toca enquanto faço o percurso da estação de metrô até meu prédio. A caminhada de dez minutos deve queimar umas boas calorias, mas desvio uma rua para fazer um percurso mais longo só por precaução. Enquanto ando, olho o visor e atendo, ofegante.

— Oi, mãe.

— Oi, filha. Já chegou?

— Não, estou na rua.

— Foi andando? Você sabe que não pode, filha. O médico falou…

— Que não posso correr uma maratona, mãe, ir a pé do metrô até em casa não vai me matar.

Ela fica em silêncio e me xingo mentalmente pela impaciência. Mas a preocupação da minha mãe precisa acabar. Foi só um acidente, há meses. Sou jovem, sou forte, estou saudável. Não há com o que se preocupar.

— Certo. — Uma pausa e, quando volta a falar, percebo que está se esforçando para parecer casual. — Deixei seu almoço pronto na geladeira. Está no prato, nas porções certas. É só esquentar.

— Tudo bem — digo, e espero que o *meu* esforço não seja tão perceptível assim.

— Come, viu, filha? — insiste. — É pro seu bem.

— Pode deixar. — Depois de mais alguns segundos de repetições inúteis, desligo. Já estou na minha rua e, em mais alguns passos, estarei em casa.

É bom ouvir o silêncio quando entro; é melhor ainda não sentir o cheiro de uma refeição recém-preparada. Sorrio enquanto fecho a porta. O ar não está completamente limpo — é horário de almoço, afinal, e meus vizinhos cozinham —, mas é quase como respirar novamente. Contudo, não tenho tempo de aproveitar. Minha mãe chega em duas horas. Tenho muito a fazer.

Deixo minha bolsa no quarto e volto para a cozinha. Abro a geladeira e encontro meu almoço pronto, exatamente como mamãe falou, coberto por plástico filme. É uma porção de macarrão ao alho e óleo suficiente para alimentar uma creche inteira, brilhando de gordura. Torço o nariz e sinto a boca salivar, a ânsia vindo.

Deixo o prato sobre a pia e vou até a área de serviço, anexa à cozinha, onde pego uma sacolinha de supermercado.

Viro a comida lá dentro e dou dois nós apertados, o tempo todo segurando o ar para que o cheiro não me atinja. Uma vez vedado, respiro. E agora?

Houve um tempo em que eu esconderia a sacola no fundo do saco de lixo, ou disfarçaria colocando-a em uma embalagem vazia; até pela privada já joguei, dependendo da situação. Mas minha mãe já está treinada, o que significa que preciso ser mais esperta do que ela. Então levo o conteúdo para o corredor e jogo-o dentro da caixa de coleta. O que os olhos não veem, o coração não sente.

De volta à cozinha, lavo o prato e molho uns talheres para deixar no escorredor, fortalecendo meu álibi. Meu estômago ronca, mas está tudo bem. Fome é dor. Dor é bom. Dor é poder. Significa que sou do time das Garotas Fortes de novo. E Garotas Fortes não jogam para perder.

Capítulo 36

Pego meu notebook e espalho o material da faculdade ao meu lado para que eu tenha uma desculpa quando mamãe chegar. Não acho que ela vá investigar o que estou fazendo, mas é menos provável que desconfie se achar que estou pesquisando alguma coisa para um trabalho.

Abro o navegador e o Facebook preenche a tela automaticamente. Há dezenas de notificações, boa parte delas antiga. Faz algum tempo desde que acessei esse perfil pela última vez, e começo a navegar pelas postagens, mas travo quando a primeira foto de Priscila aparece.

Ela está sorrindo em um bar ao lado do namorado. Há dezenas de likes, e o primeiro comentário é de Enzo, com corações e sorrisinhos. Só porque me odeio, vou lendo os comentários um a um — todos os nossos amigos, meus ex-amigos, familiares dela, pessoas que a querem bem.

Volto a olhar para a foto, e sinto uma vontade enorme de pegar o telefone e mandar uma mensagem para ela. A festa na casa de Sofia parece ter sido há uma década, e não nos falamos direito desde então. Sinto falta da minha amiga. Sinto falta da minha vida.

Então me pergunto o que Priscila diria se eu contasse a ela sobre Kátia ou sobre as nossas conversas. Me pergunto se ela teria ciúme da cumplicidade que nós duas criamos, por sermos as únicas que conseguem entender uma à outra plenamente, ou se iria pensar que isso significa que o que conversamos aquele dia não fez diferença.

Fez diferença?

Fecho a aba. Respiro fundo uma, duas, dez vezes. Preciso me concentrar em mim, e não farei isso me deixando abalar pelo passado. Abro o Google e começo a pesquisar por remédios que ajudem no controle de peso. Tenho uma lista de indicações possíveis, algumas que já testei, outras de que só ouvi falar. Alguns só são vendidos com receita, mas encontrei outros com menos restrições em sites estrangeiros. O que não resolve meu problema, porque não posso comprá-los. Minha mãe jamais permitiria, e eu não tenho um cartão de crédito. A menos que...

Duda: *Você tem cartão de crédito?*

Kátia me retorna imediatamente.

Kátia: *Amigos, amigos, cartões à parte*

Duda: *Estou pesquisando umas coisas pra gente. Uns remédios*

Kátia: *Por que não disse logo?*
Me diz do que vc precisa

Sorrio antes de começar a digitar. É muito bom não estar sozinha.

Capítulo 37

— **Como foi seu dia?** — pergunta mamãe, enquanto me sento à mesa de jantar. Embora tenha chegado em casa no meio da tarde, praticamente não nos falamos; ela me deu oi na porta do quarto, eu fingi que estava estudando, e essa é a primeira vez que estamos nos vendo de verdade desde que ela me deixou na porta da faculdade de manhã.

— Ótimo — digo, sendo sincera. Me sinto limpa e leve; mais que isso, sinto que sou eu mesma de novo.

Então mamãe se vira, trazendo um prato cheio na minha direção, e toda a minha alegria se esvai. Meus esforços estão prestes a ir por água abaixo.

— Você ficou bem sozinha? — quer saber. Tradução: "Você comeu direito?"

— Sim — respondo, processando mentalmente o conteúdo da minha refeição enquanto falo. Purê de batatas, um filé de peixe grelhado, doze rodelas de pepino. Preciso me lembrar de anotar depois.

Mamãe dá as costas enquanto se serve e estoco rapidamente vários guardanapos sob a perna. Não sei se terei a chance de usá-los, mas preciso tentar. Não posso comer tudo isso. Me mataria.

Ela volta e se senta e ainda não toquei no prato. Seguro o garfo como quem empunha uma arma perigosa. Encaro a comida e meu estômago ruge; não é fome, digo a mim mesma. É revolta. Medo. Um sinal de alerta.

— Come, filha. Vai esfriar — diz mamãe, olhando pra mim enquanto mastiga. Às vezes, acho que ela faz de propósito, mastigando na minha frente só para me irritar. Talvez ache que seja uma forma de me incentivar, mas me lembra do quanto o ato de comer é horroroso e como sou mais feliz sem ele. Não consigo decidir qual dos dois sinais é mais forte.

Mergulho o garfo no purê e enfio tudo na boca antes que eu pense demais. O sabor da batata, cremosa e salgada, com o toque cítrico da salada de pepino parece expandir na minha boca de um jeito tão incontrolável que me pego fechando os olhos de prazer. Ouço mamãe rir.

— Está gostoso? — diz, no mesmo tom que usava quando eu era criança e ela me levava para comprar algum doce bonito na padaria. Se a comida enche minha boca, a voz dela parece encher meu peito. Não sei dizer qual dos dois quer mais alimento.

— Muito — digo, e me arrependo logo em seguida. Baixo o rosto para que mamãe não veja o arrependimento, mas pior do que encará-la é encarar a comida.

Eu estou com *tanta* fome.

Encho o garfo de novo e engulo sem mastigar, tentando me concentrar nas calorias e não no sabor. Nos remédios que Kátia vai me trazer e não na fome. No quanto estou gorda e não em como meu corpo parece querer mais.

Mas não consigo. Uma garfada após a outra, eu limpo o prato, e então minha mãe me pergunta timidamente:

— Quer mais um pouco?

Eu só consigo dizer SIM, SIM, SIM, SIM, POR FAVOR, SIM! Me dê mais, me dê tudo, encha meu prato, minha boca, meu estômago, continue me dando mais até que eu exploda ou te implore para parar, o que vier primeiro. Como o segundo prato e passo para o terceiro, acabo com a salada e com o purê, aceito o sorvete com calda de chocolate de sobremesa e digo sim na hora de encher a taça mais uma vez e, quando percebo o que estou fazendo, já é tarde.

Os guardanapos seguem intactos sob meu colo. O gosto delicioso das batatas se transforma em puro chorume nos meus lábios. Mamãe levanta e tira a mesa e não consigo me mexer, afundando sob o meu próprio peso, triplicado pelo meu descontrole.

Perdi a luta.

Agora preciso pagar o preço.

Capítulo 38

Não consigo dormir. Olho no celular e já passou da meia-noite, mas sigo acordada, encarando os vitrais na parede que refletem as luzes que entram pela janela aberta. Estou exausta, mas as assombrações não me deixam dormir.

Sim, eu acredito em monstros. Monstros são as calorias do meu último jantar, o tamanho das minhas roupas, os números na balança. É o meu reflexo no espelho. Como vou dormir se sou o meu próprio pesadelo?

Eu me levanto e vou ao banheiro. Mamãe foi dormir tarde, possivelmente entretida em frente à TV, e não tive outra oportunidade. Temo que agora seja tarde, mas tento mesmo assim. Me ajoelho e enrolo o cabelo com uma das mãos, a outra gentilmente acarinhando a garganta. Meu corpo responde de pronto, mas pouca coisa sai; estou condenada. Minha pena será passar a noite em claro, sentindo o mal correr em minhas veias, sabendo que meus pecados jamais sairão de mim.

Capítulo 39
DIA 46

Eu me levanto às cinco e meia da manhã. Pequei no jantar, mas posso burlar o café da manhã.

Na cozinha, encho a chaleira e separo uma caneca com um pequeno sachê de chá mate. No armário sobre a pia, pego um pratinho de sobremesa e vou até a despensa, na área de serviço, buscar o vidro de bolachas de água e sal.

Coloco três bolachas sobre o prato e deixo o pote sobre a pia, propositalmente meio aberto. Da geladeira, tiro o requeijão e um mamão pela metade, conservado num saquinho. Deixo o saco sujo sobre a pia como prova. Pego uma faca na gaveta e a sujo com requeijão, apenas o bastante para parecer que foi realmente usada.

Deixo as provas sobre o balcão, preparo meu chá sem açúcar e volto para o quarto. Deixo a porta entreaberta, tanto para que mamãe veja quando acordar, como para que eu saiba quando ela estiver de pé.

Disponho tudo sobre a cama e a mesa de cabeceira e abro o guarda-roupa. Há um estoque de guardanapos e sacos

Para Ana, com Amor

de lixo emergenciais dentro de uma bota, enfiada no fundo do armário. Eles são pequenos, então pego dois para garantir.

Limpo o mamão em grandes colheradas e jogo tudo dentro do primeiro saquinho. O cheiro e a aparência viscosa me enojam. Em seguida, quebro as bolachas sobre o prato, para produzir uma sujeira convincente, e o viro no mesmo lixo do mamão. Enrolo tudo no outro saco para minimizar o risco e dou um nó apertado. Escondo tudo na bolsa que levarei para a faculdade.

Tomo meu chá tranquilamente depois disso. Me acalma esse processo de me desprender da comida, dar a ela um destino certo, longe de mim. Pela próxima meia hora, tudo está bem no mundo.

Quando ouço mamãe se levantar, já terminei o chá e me sento, tensa, na cama. Vejo a porta de seu quarto se abrir e ela parecer confusa quando vê meu abajur aceso.

— Já de pé? — pergunta, encostando-se no batente da porta. Mamãe tem uma aparência inocente quando acorda, quase infantil. Seu cabelo arma para todas as direções e ela franze a testa, mal conseguindo manter os olhos abertos. É o único momento do dia em que sua guarda está baixa.

— Não consegui dormir direito — digo, e a verdade é um alívio. Viver mentindo para ela me mata aos poucos, mas já provei diversas vezes para mim mesma que mamãe não sabe lidar com a Duda de verdade.

Penso em chamar atenção para meu falso café da manhã, mas decido que é melhor eu deixar que ela note. Então mamãe se afasta e eu não digo nada. Fico ansiosa, aguardando, mas os minutos passam, eu me visto e chega a hora de ir para a aula. Nenhum comentário surge, e é quando tenho certeza de que venci essa batalha.

Capítulo 40

— **Consegui algumas das coisas** que você pediu — anuncia Kátia, quando nos encontramos, ainda perto dos portões da faculdade. Eu a encaro ansiosa e ela me passa um saquinho plástico com várias embalagens de comprimidos, sem caixa, como combinamos. — Os amarelos são os diuréticos e os brancos são os laxantes.

— E o resto? — pergunto, agarrando o pacote.

— Encomendei aquelas pílulas que você pediu, mas não sei quando chegam. — Kátia franze a testa e puxa o maço de cigarros da bolsa. — Pra que serve tudo isso?

— Pra nos manter na linha, caso a gente fracasse — falo no plural, mas estou pensando em mim, na minha sequência de falhas. Preciso ter um plano de emergência.

— Certo. — Ela acende o cigarro e traga, virando para o lado antes de exalar a fumaça. — Meu Deus, estou morrendo de fome.

— Não está, não — ralho, e Kátia faz uma careta de criança mimada que não combina com seu porte de mulherão.

— Eu não jantei ontem. Meu estômago está *gritando*.

— Não está, não. Ele está te aplaudindo.

Ela desfaz a careta e, com os pensamentos desviados por um instante, assume um ar mais determinado.

Vejo Rodrigo se aproximando e me apresso em guardar os remédios. Não sou rápida o bastante; quando ele chega perto, já está todo sorrisos e gracinhas na minha direção.

— Tentando vender drogas pra minha namorada, bichete? — Ele brinca e fecho a cara enquanto termino de guardar tudo na bolsa.

—A Duda estava me mostrando o material pra um trabalho que ela tem que fazer — afirma Kátia e, embora essa seja uma das mentiras mais ridículas que já ouvi, de alguma forma, vindo dela, com seu tom neutro e natural, soa extremamente convincente. Tanto que Rodrigo nem ao menos nota.

—Ah, vocês de biomedicina! — Ele finge um suspiro e a abraça pela cintura. Kátia joga a bituca de cigarro no chão e pisa sobre ela. — Vamos tomar café?

— Eu… — Ela olha rapidamente para mim antes de assentir de maneira quase imperceptível e prosseguir. — Eu já comi, mas te acompanho. Duda?

— Claro.

Capítulo 41

Estou há vinte horas e trinta e dois minutos sem comer.
Já faz muito tempo que não me sinto tão bem, tão... *Eu*.
É como se eu tivesse me livrado de uma carcaça e agora estivesse livre de novo. Leve. Flutuando por aí.

Passei o dia com três xícaras de chá preto para me ajudar com as dores. Cafeína é minha melhor amiga, lado a lado com a água. Mas não bebo muito, porque o peso do líquido me incomoda. Já tive coisas demais me inchando ao longo dos últimos meses. Preciso voltar ao que era. Ao meu antigo eu.

Quando as dores ficam muito fortes, lá pelas quatro da tarde, vou até a cozinha e encho uma colher de vinagre. Tomo de uma vez, sem chiar. O gosto é horrível e meu corpo reage na hora, querendo expulsar tudo dali, mas insisto e engulo. Vinagre sempre ajuda e, depois de alguns minutos, sinto a dor passar.

Volto para o quarto no momento em que o telefone vibra com uma mensagem. É Kátia.

Kátia: *Ah, não. O Rodrigo quer ir comer pizza.*

Lembro de uma época não tão distante em que eu me via nos mesmos embates. Enzo adorava sair para comer, e seu pai adorava levar ele e a irmãzinha a restaurantes diferentes nos dias em que visitava os filhos. Era insuportável. Por que todo mundo tem que associar diversão à comida?

Duda: *Fala que não quer ir*

Kátia: *Mas eu adoro pizza*

Meu Deus, como ela é fraca!, é o meu primeiro pensamento. Se vendendo pelo mais puro suco de carboidratos! Me preparo para dar uma bronca, mas lembro que já fui Kátia um dia. Que droga, eu era ela dias atrás, horas atrás. Fui ela todas as vezes em que comi e *gostei*. Respiro fundo.

Duda: *Pensa no que essa pizza vai fazer com vc. Com o seu corpo. Vc vai jogar tudo fora por causa de um monte de gordura?*

Ela demora a responder agora. O "digitando" aparece sob o seu nome no aplicativo, mas a mensagem só vem uma eternidade depois.

Kátia: *Você tem razão. Obrigada*

Duda: *Claro que tenho. De nada.*

Capítulo 42

Quando mamãe serve o jantar, já estou há tanto tempo sem comer que sinto um suave e agradável tremor nas mãos. Foi um dia ótimo, e nem mesmo as milhares de calorias que ela põe no meu prato (na forma de salada, salmão e purê de batatas) me desanimam.

— Você está tão sorridente — comenta mamãe, se sentando para comer. — Aconteceu alguma coisa?

— Só tive um dia muito bom — respondo, e pego o garfo. Não penso no que estou prestes a fazer; penso apenas que hoje estou devidamente preparada, que o meu sofrimento não vai durar tanto.

— Algum motivo em particular? — pergunta, e ergue as sobrancelhas quando como, sem hesitar.

— Não. Só foi um bom dia. — Suspiro, resolvendo inverter a conversa antes que ela pergunte demais. — E como foi o seu dia?

— Foi… ok. — Mamãe mastiga e pensa um pouco, então de repente seu rosto se ilumina com alguma novidade. — Inclusive hoje, no escritório, teve esse cliente que…

Ela segue tagarelando e meneio a cabeça, sem prestar muita atenção, mas contente em fazê-la falar. Sinto falta das nossas longas conversas. Mamãe é a família que tenho, e eu a dela — sou filha única de mãe solo, e apesar de alguns parentes dela ainda estarem vivos, nunca tivemos uma convivência muito próxima com ninguém fora de datas comemorativas. Depois que meu pai foi embora, ela só tinha a mim para conversar, e eu me tornei especialista em ouvir. De certa forma, acho que mamãe viu em mim uma melhor amiga por muitos anos, alguém que ouvia todas as suas fofocas e lamentações e com quem ela podia desabafar. Ela não me enxergou como filha até achar que eu estava doente e, desde então, nunca mais falou comigo de igual para igual. Achei que nunca mais fôssemos ter uma conversa que não envolvesse uma choradeira pelo meu estado de saúde. Mas isso, *isso* aqui e agora, é um recomeço. Talvez, no fundo, mamãe também veja o que eu vejo e saiba que está tudo bem outra vez.

Capítulo 43

Levo um copo d'água para o quarto após o jantar e engulo o laxante em uma só golada. Não sei quanto tempo vai levar até fazer efeito, mas queria que fosse logo; não vejo a hora de me ver livre dessa comilança toda.

Pego um pijama limpo e tiro as roupas para me trocar. Em algum lugar entre o tirar de uma peça e o vestir de outra, o reflexo no espelho me atrai e me faz parar. Olho.

Faz tempo que não olho. Faz tempo que não sou corajosa o bastante. Mas é algo que preciso enfrentar.

Jogo as roupas no chão e sobre a cama e, nua, me encaro. Sou uma junção de ossos, pele, músculos e tecido adiposo. Tanto, *tanto* tecido adiposo. Me pego pensando nas aulas de anatomia da faculdade e no que os meus colegas iriam encontrar se me abrissem naquelas mesas geladas do laboratório. Será que veriam uma Garota Forte ou uma Menina Saudável? Será que a verdade jorraria de mim como sangue ao primeiro toque? Ou será que é pior, infinitamente pior — será que sou tão vazia, tão oca, que o segredo seja cortar para murchar?

Com a ponta dos dedos, traço um caminho invisível de cortes que faria se tivesse a oportunidade. Seguro as pelancas sob os seios, enormes, grotescas, e as removo nas minhas cirurgias imaginárias. Depois os pneus na cintura (estão cada vez maiores!), que puxo e repuxo, como se tentasse arrancá-los com as mãos. Então as minhas coxas, dois depósitos enormes de gordura inútil, que roçam uma na outra como se a cada passo quisessem me lembrar do quão grande estou.

Sigo fazendo marcas com as mãos, puxando, beliscando, arranhando as partes que não consigo arrancar. Lembro de quando pedi uma lipoaspiração de presente de dezoito anos para a minha mãe e ela me disse que eu estava maluca, que eu era linda, que era perigoso, que pessoas morriam em cirurgias como aquela. Lembro ter passado meses implorando, tentando arranjar argumentos que a fizessem mudar de ideia. No fim, a verdade sempre foi só uma: perigoso ou não, para mim, o risco sempre valeria a pena. Prefiro morrer a ser gorda. Mas sempre fui eu por mim mesma e com isso não seria diferente. Se não posso conseguir do jeito mais fácil... então que seja.

Desvio o olhar do espelho, me visto e vou dormir.

Acordo no meio da noite com os primeiros sinais da cólica.

A princípio não sei o que é. Estou grogue de sono e, quando sinto as primeiras pontadas de dor, levo um tempo até conseguir determinar o que incomoda tanto. Então vem outra vez, mais forte, e me lembro: o remédio está fazendo efeito.

Corro para o banheiro achando que vou explodir e acabo fazendo barulho demais no processo de chegar até o vaso. Me sento sem sequer me dar ao trabalho de acender a luz ou fechar a porta e deixo a natureza seguir seu curso. Estou suando e gemendo de dor quando mamãe aparece à porta do banheiro.

— Duda? O que foi? — pergunta, e não consigo determinar se ela parece preocupada ou apenas sonolenta.

— Passando mal — respondo, uma mentira com certo fundo de verdade.

— Vou pegar alguma coisa pra você — diz mamãe, e desaparece corredor afora.

Quando ela volta, estou um pouco mais digna, lavando as mãos e sentindo que coloquei uma vida de impurezas para fora. Ela me oferece um copo pela metade com algum líquido turvo.

— É água com limão — explica, quando vê minha careta. — A gente não tem remédio, mas isso deve ajudar. Sua avó sempre fazia.

Aceito e tomo de uma vez, sem ligar para o gosto ácido. Mamãe me observa.

—Ana, você não fez nenhuma besteira, fez? — pergunta ela.

Gelo por dentro. Mas não cheguei até aqui pra ser pega agora.

— Que besteira? — desconverso, e então finjo uma ânsia de vômito que a desconcerta na hora. — Deve ser só uma virose. Uma menina da minha sala ficou doente essa semana também.

A desculpa parece bastar para tranquilizá-la, mas uma ruguinha entre seus olhos insiste em não se dissipar. Por fim, ela vem até mim e beija o topo da minha cabeça.

— Me chama se não melhorar, tá bem? — diz, e volta para o quarto.

Deixo o copo na pia do banheiro e volto para a cama. Ainda sou acordada outras duas vezes pela cólica, mas não chamo mamãe. Estou tendo o que mereço. A dor é um preço barato a se pagar.

Capítulo 44
DIA 47

— **Filha?** — **chama minha mãe,** e abro os olhos, sentindo que acabei de adormecer.

— Que horas são? — pergunto, me levantando. Mamãe se senta na beirada da cama.

— Sete. — Ela franze o cenho para mim. — Como você está? Melhorou?

— Estou bem. — Bocejo e, instintivamente, levo a mão à barriga, me sentindo vazia. É bom. Há muito tempo não acordo me sentindo tão leve. Sinto que, se quiser, posso flutuar até a luz. Estou solta, livre, mais leve que o ar.

— Tem certeza? — Mamãe me olha desconfiada e passa a mão por meus cabelos. — O que você comeu ontem?

— Nada — digo, mas rapidamente me corrijo. — Nada de diferente.

— Hum. — Ela me olha por um instante, me estudando enquanto encaro os corações e flores no meu edredom. — Quer ficar em casa hoje? Não precisa ir pra aula se não quiser. Eu posso ligar para o escritório e te faço companhia.

— Não precisa. Eu tô bem. — Sorrio, tentando passar confiança. — Acho que aquela água com limão de ontem funcionou bem.

— Que bom. — Ela sorri também e se levanta. — Bom, então se arruma pra não sairmos muito tarde. Acho que não tem problema se você se atrasar um pouco, né?

— Acho que não.

Mamãe sai e fecha a porta. Eu me levanto num salto, acendo a luz e tiro a roupa.

Me sinto leve, mas, no espelho atrás da porta, meu corpo ainda está todo errado. Os longos meses de tratamento com os engordadores tiveram seu efeito em meus braços, coxas, seios e maçãs do rosto. Passo a mão na barriga, menos inchada hoje do que estava ontem, mas longe de estar lisa o bastante. É preciso mais do que uma noite para corrigir isso.

Quero mais. Não, mais não. Quero menos. Menos quilos, menos gordura, menos pele, menos peso, menos tudo. O que eu quero ainda não tem nome. Meu objetivo está longe. Há quem diga que é inalcançável. Mas preciso seguir tentando.

Capítulo 45
DIA 56

É domingo de Páscoa, e não tem nada que eu odeie mais do que o domingo de Páscoa.

Não basta visitar parentes que nunca vejo e ter que responder perguntas desagradáveis feitas por gente de quem não gosto. Não basta a celebração em pleno domingo, quando tudo que mais quero é dormir.

Não. Além disso tudo, há toneladas e toneladas de comida. Arroz. Peixe. Massas. Salada. E, é claro, o chocolate. O delicioso, *maldito* chocolate.

Acompanho, carrancuda, minha mãe à casa da minha avó. Mamãe sabe como me sinto com relação a este feriado em particular, então não fala nada. Seguimos em silêncio ao longo do percurso entre nossa casa e a cidade de Vinhedo, onde meus avós moram — porque é claro que, além do sofrimento que sou obrigada a passar depois que chego, ainda preciso penar para chegar *até lá*.

Nossa família é pequena, então não é surpresa todos já estarem lá quando chegamos. Somos apenas nós, meus avós, tia Clarisse e tio Hugo, irmão da minha mãe. Mamãe sorri ao vê-

-los e cumprimenta a todos com uma alegria que não consigo entender. Não foram meus avós que lhe negaram ajuda quando meu pai foi embora? Não foi tio Hugo que gastou o dinheiro da poupança dos meus avós que minha mãe havia juntado? Essa família é uma piada. Não sei o que estou fazendo aqui.

O almoço já está quase pronto e a cozinha fede a cebola, alho, peixe e condimentos. É insuportável. Não acredito que vou ter que quebrar meu jejum para *isso*. A vida é mesmo injusta.

— Duda, venha cá pra eu ver você — diz minha avó, então, de sua cadeira de rodas, do outro lado da mesa.

Suspiro, mas me levanto mesmo assim. Vovó ficou cega devido ao glaucoma, então sua versão de nos ver é na verdade nos inspecionar com as mãos. Eu me sento ao lado dela e deixo que me cubra com suas mãozinhas enrugadas, investigando meu rosto e meus braços enquanto franze a testa.

— Bom, bom… — Ela aperta minhas bochechas. — Você não estava doente?

— Não. Nunca estive melhor — digo, tentando me afastar, mas ela me segura. Para uma senhora de idade, vovó ainda é bem forte quando quer.

— Come bastante hoje, viu? Homem gosta é de mulher com carne.

Reviro os olhos, feliz que ela não pode enxergar. Se ela soubesse…

Então, encontramos meu tio Hugo. Ele vem da cozinha, com um copo de cerveja na mão. É mais novo que a minha mãe, mas parece mais velho, a careca brilhando e o rosto manchado de sol e idade. Ele abre um sorriso quando me vê.

— Dudinha Gorduchinha, como é que cê tá?

O amargo que sobe a minha garganta é tão intenso que sinto que vai escapar pela boca, vou vomitar aqui mesmo. Fecho a cara, mas meu tio nem percebe. Ele aperta minha bochecha como se eu tivesse seis anos, e desvio o mais rápido que posso.

—Tá melhor, gorduchinha? Sua mãe falou que cê tava doente! — continua ele.

— Eu não estou doente — digo, cada palavra seca e ríspida. — E, por favor, me chama só de Duda.

— Tá bom, Gorduchinha. — Tio Hugo ri da própria piada. — Então aquele fuzuê de hospital, de ambulância, não era nada?

— Oi, Hugo. — Minha mãe finalmente aparece, e põe as mãos nos meus ombros. O gesto protetor só me dá mais agonia, e desvio dela também. — Tudo bem?

— Tava perguntando pra Gorduchinha se ela melhorou… Dudinha?

Dou as costas e saio, deixando todo mundo lá dentro e preferindo me isolar no quintal. Minha mãe que se vire com o irmão dela. Eu não vou me obrigar a ficar lá só para ser ofendida.

Eu me forço a voltar quando o almoço é servido, mas permaneço em silêncio. Mamãe toma para si a missão de alimentar meu avô, que vive com Parkinson e está aos poucos perdendo as funções motoras. Meu tio é quem cuida deles durante a semana, unicamente porque minha mãe lhe paga uma boa mesada para isso. É ridículo. Ele mal consegue cuidar de si mesmo.

Abro um guardanapo no colo e me sirvo. As pessoas estão tão envolvidas nos próprios pratos, e minha mãe em cuidar de seu pai, que ninguém vai perceber o que estou fazendo. Sirvo um pouco de salada e um pedaço de peixe, contando cada caloria mentalmente. Esmiúço o peixe em pedacinhos pequenos e mais brinco com a comida do que como alguma coisa além da alface e dos vegetais. Cada vez que ponho um pedaço de peixe na boca, mastigo por uns instantes e, quando finjo me limpar com o guardanapo, ponho tudo para fora. De maneira alguma vou deixar essa sujeira entrar em mim. Salada é mais do que suficiente.

Como imaginei, ninguém percebe o que estou fazendo. Vejo mamãe lançar alguns olhares na minha direção ocasionalmente, mas ver a comida desaparecendo do meu prato parece bastar para ela. Eu me levanto antes de todo mundo e, disfarçadamente, levo meus guardanapos sujos para o lixo. Mal me desfiz deles quando sinto a mão de alguém no meu ombro.

— Comeu direitinho? — pergunta mamãe, como se eu tivesse cinco anos de idade.

— Comi. — Mostro o prato a ela, com só alguns restos de salada.

— Bom. — É tudo o que ela diz, antes de voltar à mesa. Respiro aliviada.

O almoço parece levar uma eternidade. Observo minha família comer sem conter uma expressão de desgosto. Suas mastigadas são barulhentas, e a cacofonia de talheres batendo nos pratos me dá dor de cabeça e me enoja.

Quando todos terminam de comer, começo a contagem regressiva para irmos embora. Mamãe geralmente se demora cerca de uma hora além do almoço, porque sabe que não vou aguentar muito mais do que isso. Depois que ela e tia Clarisse lavam a louça, voltam a se sentar para o café e a conversa costumeiros. Meu estômago dói um pouco, então me sirvo de uma xícara. Provo um gole, mas está doce demais, então dispenso.

— Não vai tomar o resto? — pergunta tia Clarisse, apontando para a xícara ainda cheia.

— Está muito doce — respondo, com uma careta. — Gosto dele mais amargo.

—Ah, bom, eu sempre coloco açúcar demais. — Ela ri consigo mesma e então me olha de cima a baixo. — Você parece melhor. Ganhou peso?

— Clarisse! — exclama mamãe, horrorizada, mas minha tia só faz dar de ombros. Não consigo responder. Estou dividida entre a indignação pela pergunta, porque significa que nada do que estou fazendo está ajudando, e querer gritar com todo mundo nessa família por não conseguirem parar de tomar conta do meu corpo e da minha saúde.

—Ah, desculpa, não está mais aqui quem falou! — Tia Clarisse olha para mim e estala a língua. — E, de qualquer maneira, você está linda, Duda! Homem gosta é de mulher com carne.

— E Deus me livre de decepcionar um homem — declaro, cheia de ironia, e me ponho de pé. — Mãe, eu te espero lá fora, tá?

Saio antes que qualquer uma possa protestar e fico sentada na varanda, sozinha, pelos quinze minutos seguintes. Quando mamãe aparece e me pergunta se não vou me despedir de ninguém, eu apenas lhe lanço um olhar azedo antes de seguir para o carro. Não demora muito, ela vem atrás de mim.

Capítulo 46
DIA 61

Café da manhã:
Suco de laranja
Meio pão francês com queijo branco

Como, porque é o que se espera, mas, quando chego na faculdade, vou direto ao banheiro deserto do térreo. Me limpo em questão de minutos, e só então sigo para a aula.

Recebo olhares tortos quando entro na sala. O professor de genética segue seu discurso às escuras sobre Mendel, enquanto aponta um laser para as imagens projetadas na lousa. Metade das minhas colegas está dormindo e a outra metade sequer se dignou a aparecer. Eu entendo. Não aguento mais matérias teóricas. Isso não é nada do que imaginei.

Fico em transe pelo que me parecem horas até a porta se abrir e sermos liberados. Checo minha grade, guardada numa foto na galeria do celular. Anatomia. Ótimo, uma coisa mais movimentada. Mais uma aula sobre cientistas chatos e eu morreria de tédio.

Sigo pelo corredor até chegar ao laboratório. Vejo várias das minhas colegas entrando, muitas conversando animadas umas com as outras. Elas me lembram de mim mesma, não muito tempo atrás, numa época em que estava sempre cercada de amigas, nunca sozinha. Hoje vivo rodeada de gente, mas nenhuma delas me toca. Estou em uma redoma invisível que me exclui do mundo e que não deixa ninguém entrar.

Visto o jaleco de maneira mecânica. Prendo o cabelo e coloco as luvas, e só entro quando quase todo mundo já se acomodou. O laboratório é gelado, morto e tem um fedor forte de produtos de limpeza, embora claramente alguém tenha se esforçado para deixá-lo parecido com uma sala de aula, munindo-o de lousa, projetos e cartazes explicativos. Mas, no fim, morte é morte, e, se estamos aqui, é porque deixamos nossa vida toda lá fora, esperando. De certa forma, é reconfortante. Aqui dentro quase sinto o tempo parar.

A professora fala, e me esforço para prestar atenção. Ela aponta elementos nas imagens, como fez em todas as últimas aulas. Então, para a nossa surpresa, diz:

— Vamos ver isso mais de perto nas peças anatômicas hoje.

O laboratório ecoa em suspiros de surpresa simultâneos. Várias garotas cochicham entre si, parecendo ansiosas e um pouco amedrontadas. O que será que esperavam de uma aula de anatomia no laboratório? Queriam lidar com figuras em livros e peças sintéticas para sempre?

Um funcionário da faculdade traz o cadáver em um carrinho. É grande e feminino. Algumas meninas desviam o rosto e outras mantêm o olhar firme. Sou do último grupo. Não sei exatamente como me sentir, mas encaro mesmo assim.

É só um corpo.

De seios pequenos, tronco alongado e largo, barriga proeminente já marcada por uma incisão costurada. Ela, quem quer que tenha sido um dia, tinha cabelos escuros e a pele opaca. Os braços são flácidos. Tem uma cicatriz enorme na coxa esquerda.

Quando percebo, minhas colegas deram um passo atrás, mas continuo parada, olhando.

Então é essa a cara da morte? Não tem nada de mais. É só um corpo.

Um corpo.

É isso que todo mundo é. Um corpo.

A professora segue a aula, usando o cadáver como lousa. Eu encaro os olhos fechados da morte. Olhando o corpo nu e desconhecido, fico pensando em como estariam me vendo se fosse eu ali, deitada naquela mesa. Que lições poderiam aprender tendo a minha carcaça como exemplo? Do mesmo jeito como aquela pobre mulher é material de estudo, eu também poderia ser. Poderiam estudar meu excesso de tecido adiposo. Meu estômago anormalmente grande. Meu coração fraco. Minha resiliência. Pisco e volto a me concentrar na aula. No fundo, sou só um corpo com o qual ninguém se importa. A única pessoa que pode e deve estudá-lo sou eu.

Capítulo 47

Encontro Kátia fumando um cigarro perto da biblioteca quando saio da aula. Ela anda de um lado para o outro, distraída olhando o celular, e só me vê quando a chamo pelo nome.

— Ai, graças a Deus você chegou! — Ela estende o celular para mim. — Tira umas fotos do meu look? Achei tão lindinho, mas não consegui uma foto decente!

— Claro! — Pego o telefone e me assusto quando encaro meu próprio rosto, enorme e feio, na câmera frontal. Troco de câmera no mesmo instante.

— Deixa só eu… — Kátia dá as últimas tragadas no cigarro rapidamente, me despertando a curiosidade.

— Você nunca aparece fumando, né? Por quê?

— Vai contra o meu conteúdo, né, amiga? — diz, como se fosse óbvio. — Eu posto coisas de yoga, pilates, dietas naturais. Não pega bem falar que eu fumo.

— Então por que você fuma?

— Ajuda com a ansiedade. — Ela hesita, e por fim completa: — E com a fome.

Olho enquanto ela amassa a bituca de cigarro e, por meio segundo, fico tentada. Será? Mas basta uma baforada de Kátia para que eu desista. O cheiro me mataria muito antes de eu fumar o suficiente para não sentir mais fome.

Kátia posa e me faz fotografá-la em todos os ângulos e poses possíveis. Me sinto ridícula, a amiga gorda e feia sendo explorada para enaltecer a amiga magra e perfeita, mas, quando passo o telefone para ela, a reação me surpreende.

— Meu Deus, olha como eu estou enorme. Estou parecendo uma baleia nesse vestido!

Quase me sinto melhor. A verdade, contudo, é que ter uma garota como ela, nitidamente mais magra do que eu, dizendo que está enorme só faz com que eu me sinta mais consciente do meu próprio tamanho, então sou obrigada a contestar:

— Você tá linda. Olha pro *meu* tamanho!

E Kátia olha. Mas sem piedade. Ela apenas solta um muxoxo e se senta em um banco próximo.

— Amiga, eu não sei mais o que fazer. Estou seguindo uma dieta há meses e simplesmente *nada* dá resultado! — desabafa. — Eu me sinto inchada, minha cara tá enorme, eu não aguento mais!

— Como é essa dieta? — pergunto.

Kátia puxa um caderno de dentro da bolsa e abre numa marcação que só ela consegue ver. Há todo um esquema de alimentação numa tabela calórica e contagens regressivas de calorias diárias. Parece um plano elaborado. Elaborado demais.

— Isso não vai funcionar nunca!

— Eu preciso ir reduzindo aos poucos, não posso simplesmente cortar tudo da noite para o dia — reclama, fechando o caderno com um baque surdo.

Para Ana, com amor 145

— É isso que estão ensinando pra você na faculdade? — Reviro os olhos. — Se você quer que dê certo, precisa é de disciplina.

— Então o que acha que devo fazer? — pergunta, guardando o caderno na bolsa. Uma ideia maravilhosa começa a se formar na minha cabeça. A maneira perfeita de unir o útil ao agradável.

— O que você vai fazer no fim de semana?

Capítulo 48

Estou há catorze horas, dez minutos e trinta e seis segundos sem comer.

Sou leve. Sou uma pena. Sou feita de ar. Sou quase perfeita de novo.

Até eu me lembrar de que o jantar está servido e mamãe espera por mim na cozinha.

Minhas mãos tremem quando empunho garfo e faca. Hoje temos vagem, batata-doce cozida e um bife pequeno. São cores demais, cheiros demais e, mesmo contra a minha vontade, salivo. Quero trucidar a comida, eliminá-la, incinerá-la, apagá-la, deletá-la, exterminá-la, mas, mais que isso, quero *comer*. Meu corpo está me traindo, mas não posso deixá-lo vencer.

Me sento à mesa e mamãe me passa um copo de suco processado de maracujá. Remexo a comida tentando ignorar o verde sedutor da vagem, a textura macia das batatas e o cheiro da carne. Não quero nada disso. Não preciso. Consigo sobreviver a esse teste.

— Passou bem o dia? — pergunta mamãe, enfim, após uma eternidade me observando.

— Aham — respondo, temendo babar se abrir a boca. Pego uma pontinha da batata e levo à boca. O bastante apenas para me satisfazer.

— Novidades na faculdade? — pergunta ela, e percebo que é a deixa que eu estava esperando. Com certo alívio, largo os talheres.

— Na verdade, sim. — Respiro fundo. — Uma das minhas colegas me chamou pra passar o fim de semana na casa dela.

— Como assim? Só vocês duas? — Ela ergue a cabeça rápido demais, alertas acesos.

— É. Ela mora sozinha — respondo, encarando-a de maneira firme, minhas mãos se entrelaçando de nervosismo sob a mesa.

— Essa amiga tem nome? — Mamãe cutuca a comida, parecendo apenas casual demais.

— Kátia — digo, e recosto na cadeira, cruzando os braços. — Sei aonde você está querendo chegar.

Mamãe sorri como uma criança pega no flagra e estende a mão sobre a mesa para pegar a minha.

— Desculpa, filha. Não é que eu não confie em você. É só que quando eu tinha a sua idade…

— Você já tinha uma filha. Eu sei — completo, já sabendo de cor a história da gravidez indesejada e dos sonhos adolescentes destruídos pela minha chegada. — Não tem nada disso, mãe. A Kátia é ótima. Ela faz nutrição, tem um emprego, paga as próprias contas… Se quiser, te mostro o perfil dela na internet, ela é até famosa no mundo das blogueiras, sabia?

— Nutrição, é? — Mamãe solta minha mão e ergue as sobrancelhas, impressionada. Cartada certeira. É claro que é tudo que ela queria ouvir, a máxima da boa influência. — Bom, tá certo. Se você diz que tá tudo bem, então eu confio em você.

Sorrio e agradeço. Depois do jantar, mando uma mensagem para Kátia para avisar que está tudo certo. Mal sabe mamãe que a boa influência desse fim de semana serei eu.

Capítulo 49
DIA 62

Mesmo dizendo que acredita em mim, minha mãe não sossega enquanto não me deixa na porta do prédio de Kátia no sábado, pouco antes do almoço. Não apenas isso, mas ela gentilmente exige que Kátia desça para cumprimentá-la antes de ir embora. Não sei por que me surpreendo. É a cara dela fazer uma coisa dessas.

Kátia, no entanto, não se abala e recebe minha mãe com bastante simpatia. Mas quando estamos sozinhas e começamos a subir as escadas, ela me lança um olhar solidário.

— Meu Deus, sua mãe te trata como se você tivesse oito anos, não vinte — diz, aos risos.

— Nem me fala. — Suspiro, revirando os olhos.

— Por isso eu gosto de morar sozinha — continua, com uma nota imperceptível de orgulho inflando seu ego e sua voz. — Não tem mãe enchendo o saco. Não tem pai cobrando toda hora. Sou dona do meu nariz.

Ela segue listando todas as vantagens de viver sozinha enquanto subimos, mas paro de prestar atenção. Sei o que está tentando fazer, se mostrando tão superior e mais adulta que eu. Não posso deixar isso me derrubar. Posso ser menos do que Kátia em tudo, mas hoje é *ela* quem vai aprender *comigo*. Vamos ver quem vai achar graça no final.

Quando finalmente chegamos ao quarto andar, já estou exausta pelo exercício, mas ainda assim mais alerta do que nunca. Será um grande fim de semana, exatamente o tratamento de choque de que eu estava precisando. Nada como um intensivo para me colocar nos trilhos novamente.

Então Kátia abre a porta e dou de cara com Rodrigo no sofá.

— O que ele está fazendo aqui? — sussurro para Kátia, irritada. Isso não fazia parte do combinado.

— Eu sei, eu sei — sussurra ela de volta, segurando a porta —, mas não consegui falar pra ele *não* vir.

— Vocês vão entrar ou não? — pergunta Rodrigo da sala. Sinto o rosto corar.

Kátia se adianta, indo imediatamente para o lado do namorado enquanto eu entro sozinha carregando minhas coisas e desejando desesperadamente poder voltar. Não era isso que eu queria. A presença dele estraga tudo.

— E aí, bichete? — cumprimenta Rodrigo, jovialmente, acenando de seu lugar no sofá.

Escolho ignorá-lo.

— Onde eu deixo as minhas coisas, Kátia? — pergunto, tirando a mochila das costas.

—Ah! Vem comigo. — Ela, enfim, se dá conta de que eu existo e se levanta.

O apartamento de Kátia é minúsculo, ainda menor que o meu. Eu a acompanho da sala com lugar para um sofá e uma TV até o quarto, que mal tem espaço para meia cama e um armário. Me pergunto onde vou dormir esta noite. Mais importante, torço para ser a única companhia dela. Já é horrível

Para Ana, com Amor   151

o bastante conviver todos os dias com os dois na faculdade, me fazendo encarar todas as coisas que perdi. A última coisa que eu quero é também ser obrigada a lidar com isso o fim de semana inteiro.

— Daqui a pouco o Rodrigo vai embora — diz Kátia, lendo meus pensamentos. — Ele sabia que você vinha, passou só pra gente se ver mesmo.

— Hum — murmuro, sem olhar para ela. Gostaria de dizer que não entendo a necessidade de ver no fim de semana uma pessoa que você já viu a semana toda, mas seria mentira. Eu não era assim tão diferente.

— O que vocês querem assistir? — pergunta Rodrigo lá da sala.

Nada, quero responder. A única coisa que quero ver é ele saindo pela porta da frente para eu não ter que lidar o fim de semana todo com um lembrete constante de como é um relacionamento feliz, de como é ter alguém que se importa como Rodrigo claramente se importa com Kátia. Mas fico quieta enquanto a sigo de volta para a sala.

— Você escolhe, bichete — provoca Rodrigo, quando me sento no lugar que sobrou, exatamente ao seu lado.

— Ah, falou comigo? Desculpa, não me chamo "bichete" — retruco, azeda, cruzando os braços.

— Ok, *Duda* — responde ele, dizendo meu nome com zombaria, um riso irônico que quero arrancar a tapas do seu rosto. — Você escolhe a programação.

— Por mim, tanto faz. — Dou de ombros e viro o rosto, irritada demais para olhar pra ele.

— Ai, tem aquele filme romântico com a Regina George… qual o nome dela mesmo, amor? — diz Kátia, toda empolgada, e Rodrigo emite um muxoxo.

152 LARISSA SIRIANI

— Ah, não, Kaká, eu não vou assistir a *Diário de uma Paixão* de novo! A gente vê esse filme toda semana!

— Porque é um filme maravilhoso! Você não acha, Duda? Pisco, surpresa por ser incluída. Então dou de ombros.

— Nunca assisti.

— Você *nunca* assistiu a *Diário de uma Paixão*? — pergunta Kátia, chocada, ao mesmo tempo em que Rodrigo esconde o rosto nas mãos e fala:

— Ah, não, bichete, olha aí o que você fez!

— Tá decidido! Pode dar play. — Kátia joga as pernas sobre as dele, os pés vindo se apoiar em meus joelhos, completamente à vontade. Penso em pedir para ela se afastar, mas acabo ficando quieta. As coisas já estão ruins demais sem que eu as piore abrindo a boca. Rodrigo dá play e se ajeita no sofá.

Capítulo 50

Kátia dorme antes do fim do filme.

Eu também teria dormido se não estivesse tão consciente da proximidade entre mim e Rodrigo. Nossos braços e pernas estão quase colados — Kátia ocupou tanto espaço dormindo que agora estamos prensados no espaço restante, e isso está transformando uma situação ruim em insuportável.

— E aí? Gostou? — pergunta Rodrigo, a voz baixa, quase num sussurro só para mim.

— Do quê? — Sou pega de surpresa e sinto o rosto corar. Não sei se ele percebe, mas, se sim, não dá indícios.

— Do filme. — Ele aponta para a tv. Nem tinha percebido que já tinha acabado.

Não sei como opinar. É um filme meloso, acho. Triste. Sinto que deveria ter me emocionado de alguma forma, mas nada aconteceu. É só um filme.

Faço um som indistinto por falta de resposta e ele ri.

— Achei que fosse consenso mundial todas as mulheres gostarem desse filme.

— Não sou muito chegada em cinema — digo, sem entender por que estou me justificando.

— Prefere séries?

— Não.

Não prefiro nada, completo mentalmente, mas não consigo dizer isso em voz alta. Todo mundo parece preferir alguma coisa. Alguns gostam de verde, outros, de vermelho. Alguns preferem música clássica, outros, música pop. Tem gente que lê o livro e gente que só vê o filme.

E tem eu. Não sei de que time sou. Só estou aqui.

Não respondo, mas Rodrigo não baixa a guarda. Ele me olha como se eu fosse um mistério, algo que precisa desvendar. Detesto admitir, mas ele é ainda mais bonito de perto. Seu cabelo parece macio, seu rosto parece inocente, e seus lábios, convidativos. Ele cheira a caramelo — doce, repugnante, convidativo. Se eu o beijar, me pergunto, também terá esse gosto?

No que estou pensando? Não posso beijá-lo. Assim como caramelo, Rodrigo está fora de cogitação. Doces são para garotas como Kátia, que podem se empanturrar sem engordar; meninas como eu só olham as guloseimas na vitrine e sonham. É o que mais me irrita nele: não só me deixa tentada como me lembra de por que não mereço alguém assim. Como qualquer doce, estou decidida a odiá-lo.

Kátia se mexe, nos empurrando mais uma vez. A mão de Rodrigo roça na minha perna, mas ele a tira rapidamente. Minha pele formiga.

— Vamos lá pra cozinha — convida. E se põe de pé.

— Mas e a…

— A hora que ela acordar ela vai pra lá — interrompe, e desliga a TV. — Vamos.

Dou uma última olhada em Kátia e resolvo segui-lo. Quando chego, Rodrigo está abrindo a geladeira e olhando o parco conteúdo por uma eternidade. Sem saber bem o que fazer, puxo uma cadeira e me sento.

— A Kaká tem intolerância à lactose, sabia? — diz ele, e fecha a geladeira sem pegar nada. — É engraçado, porque ela adora queijo. A gente se conheceu em um evento de degustação de queijos e vinhos da turma de gastronomia lá na faculdade.

— Por que você está me contando isso? — pergunto, confusa.

— Pra passar o tempo? Sei lá. — Ele respira fundo e solta o ar devagar. — Sei lá. Você quase não fala, achei que um de nós devia puxar assunto.

— Eu falo, sim! — exclamo, ultrajada.

— Então me conta alguma coisa sobre você — desafia, puxando a única outra cadeira livre e se sentando de frente para mim. Ver seu sorrisinho petulante me deixa entretida e irritada ao mesmo tempo.

Tamborilo os dedos na mesa da cozinha e tento pensar no que dizer. Não sou interessante. Sou comum. Levo uma vida morna. Não há nada sobre mim que valha a pena saber. Mas, por algum motivo, quero que ele me ache interessante. Interessante como meus amigos costumavam me achar antes de Priscila aparecer e roubar os holofotes. Interessante como Kátia se mostra nas redes sociais. Interessante o bastante para segurar uma conversa com ele.

— Eu era péssima em química e biologia. Nunca tirei uma nota acima de seis — digo, por fim.

— E aí você resolveu cursar… *biomedicina*? — brinca Rodrigo, mas não vejo graça.

— Isso foi até eu entender que essas coisas estão em tudo que a gente faz. Nas roupas que a gente veste, nos remédios que a gente toma, nas coisas que a gente come, nas calorias... — Não sei por que estou dizendo essas coisas para ele, e paro de repente. — Enfim. Aí resolvi que era isso que eu queria fazer e peguei gosto pela coisa.

— Certo — murmura, mas não sei decifrar seu tom.

— Sua vez.

— Eu queria ter uma banda — diz ele, como se estivesse apenas aguardando a pergunta. — Mas não sei cantar nem tocar nada. Aí o sonho morreu.

— É uma história péssima.

— A maioria das histórias reais é.

Não poderia estar mais de acordo, porém permaneço em silêncio.

— Por que você não gosta de mim, bichete? — pergunta Rodrigo, então, muito diretamente.

— Porque você insiste em não usar meu nome, apesar de saber?

— Não é isso. — Ele se senta e me encara. — Quando a gente se conheceu, você era menos arisca. Mas agora, sempre que eu estou por perto, vem com quatro pedras na mão. O que foi que eu te fiz?

O que foi que eu te fiz, garota?, ouço Enzo perguntar no eco do silêncio à nossa volta, num flashback de um dos piores dias da minha vida, quando atirei longe os doces e destruí a festa de aniversário surpresa que ele e Priscila haviam preparado para mim. Enzo não entende. Ele nunca entendeu. Era sempre ele, ele, ele. O que ele queria, o que ele planejava, o que ele via, o que ele escolhia. Eu fui a ingrata, a louca, a surtada. Ninguém nunca me perguntou o que eu queria. Ninguém nunca respeitou o meu espaço.

— Você me lembra alguém — respondo sem pensar e, quando vejo que já estou ultrapassando meus limites de intimidade, me calo.

De alguma maneira, acho que Rodrigo entende. Ele acena com a cabeça e torna a ficar em silêncio, aparentemente satisfeito com a minha resposta. E, só por isso, eu já o odeio um pouquinho menos.

Capítulo 51

Kátia acorda pouco mais de uma hora depois e Rodrigo decide que precisa ir embora. Não me despeço dele e dessa vez ele não me provoca. Não é até estarmos só eu e Kátia sozinhas no apartamento que noto o quanto a presença de Rodrigo era acolhedora. O espaço parece maior e mais frio sem ele.

— Estou morrendo de fome — reclama Kátia, indo para a cozinha. Sei o que ela vai fazer e a sigo. — Quantas calorias tem uma banana mesmo? — pergunta, de olho na fruteira.

— Quem sabe se você se lembrasse desses detalhes, aprendesse a comer menos — alfineto, mas a expressão de derrota nos olhos dela faz com que eu me arrependa na mesma hora. Não consigo culpá-la. Já fui como ela um dia.

Respondo a quantia exata de cabeça, me orgulhando de mim mesma por ainda lembrar tão bem mesmo após meses tentando ser dissuadida do meu autocontrole. Kátia hesita por um segundo.

— Uma banana não vai me matar. Eu posso miar depois — diz, já se apoderando de uma fruta.

— Uma vez dentro de você, o estrago está feito — digo, cruzando os braços. — Pode vomitar o quanto quiser e, ainda assim, alguma coisinha sempre fica.

Aquilo parece atingi-la, e Kátia para, encarando a banana. Pensa melhor e torna a colocá-la na fruteira.

— Você não precisa comer pra fazer a fome passar — continuo, a voz suave, como se estivesse falando com uma criança. — Você tem chá?

— Tenho. Mas detesto chá — reclama, fazendo cara feia.

— A partir de hoje, aprenda a amar — digo, taxativa. — É seu novo melhor amigo.

Kátia resmunga, insatisfeita, mas acaba cedendo e me ajuda a pegar as coisas para preparar o chá. Não se passa um minuto antes que ela reclame de fome outra vez.

Será um longo fim de semana.

Capítulo 52

— **Como você consegue?** — pergunta Kátia enquanto estamos na sala vendo um reality show sobre moda.

— O quê?

— Não sentir fome — diz. — Meu Deus, eu almocei antes de você chegar e já estou quase enlouquecendo aqui. Como isso não te afeta?

Penso em corrigi-la e dizer que, na verdade, afeta, sim. Muito. Que, às vezes, quando me esforço para manter a dieta, meu estômago dói tanto que tenho vontade de chorar. Que, às vezes, a fome sobe até a minha garganta como um grito e me sufoca a ponto de me fazer fraquejar. Que, às vezes, eu salivo só de pensar no que não posso ter e que quero só abandonar tudo e comer, comer, comer, comer...

Mas não posso dizer nada disso, porque fome significa fraqueza, e eu não sou fraca. Para Kátia, especialmente, sou uma super-heroína, e quero manter essa imagem. Então apenas sorrio e digo, displicente:

— Prática. Vai ficar mais fácil com o tempo. A regra número um é não desistir.

— Ah, meu Deus! — exclama, e rapidamente abaixa o volume da televisão. — É isso! É disso que a gente precisa!

— De quê? — pergunto, sem entender.

— De regras — afirma, iluminando-se num sorriso. Ela não consegue conter a animação e se põe de pé, parecendo estar muitos metros acima de mim. Não consigo evitar comparar a largura de suas coxas com as minhas, de seus braços com os meus; ela é mesmo muito magra ou eu estou gorda demais? — Tipo, nossas regras pra nos mantermos magras, sabe?

Desperto do transe e processo o que ela me diz. Sorrio. É uma ideia muito, muito boa.

— Vou pegar meu caderno! — exclama, correndo em direção ao quarto. Na mesma hora, minha cabeça começa a trabalhar.

OS DEZ MANDAMENTOS DA MAGREZA

1. Não desistir da dieta;
2. Não comer;
3. Quando comer, punir-se da maneira necessária;
4. Contar as calorias meticulosamente;
5. Pesar-se regularmente e manter controle sobre os números;
6. Cobiçar o corpo perfeito e se lembrar dessa meta todos os dias da sua vida;
7. Lembrar-se de que você não tem real valor até que seja magra;
8. Não deixar que a comida te tente;
9. Não permitir que outros influenciem a sua meta e jornada;
10. Ser magra e continuar magra — custe o que custar.

Capítulo 53

Kátia está tão animada quando terminamos a lista que ela cria uma versão personalizada no computador, decorando as bordas e salvando no notebook. Eu fico com o original rabiscado numa folha de caderno e o guardo com cuidado dentro da minha carteira.

Ficamos acordadas até tarde criando uma galeria motivacional com imagens de corpos que nos inspiram e tentamos pensar em frases que nos ajudassem a continuar firmes, mas essa segunda parte se mostrou muito mais difícil que a primeira. Também concordamos que, daqui para a frente, sempre que uma de nós estiver a ponto de fazer uma besteira (ou pior, já tiver feito), seremos o contato de emergência uma da outra, podendo ligar a qualquer hora do dia.

Agora, acordando no quarto de Kátia, eu me sinto muito mais leve, e sei que não é só devido às horas de jejum contínuo. Sinto que meu espírito está mais leve também, como se celebrasse o fato de que, pela primeira vez, tenho alguém que o entende de verdade. Não a falsa compreensão dos médicos que querem me consertar. Não a desconfiança constante da minha mãe, insistindo que há algo de errado comigo. Uma compreensão verdadeira, de alguém que sente *e* pensa como eu, e que sabe que

não

estou

doente

e que

não

preciso de

ajuda.

Sou uma Garota Forte e, embora Kátia ainda não seja, ela está no caminho certo. Juntas, não há limites para o que podemos alcançar.

Capítulo 54
DIA 63

Estou livre.

Vazia.

Completa.

Há tanto tempo não me sentia assim. Estou tão leve que poderia flutuar. Tão livre que sinto vontade de dançar.

Tão contente e tão em paz que mal abro os olhos e já estou sorrindo.

Mas então me dou conta de que acordei por um motivo e ouço um som familiar vindo do banheiro.

Kátia.

Levanto rápido e luto contra a tontura para chegar até o banheiro. Eu a encontro ao lado da privada, o rosto inchado de lágrimas, forçando o cabo da escova de dentes pela garganta. Ela me vê e para, fungando.

— Eu não… — Kátia esconde o rosto entre as mãos. — Eu não aguentei.

— O que você fez? — pergunto calmamente, e me encosto no batente da porta. O mundo lentamente entra em foco.

— Eu estava com fome. Ia só tomar um copo de leite, eu juro, mas aí... — Ela soluça e olha para as próprias mãos. — Eu sou uma baleia descontrolada, Duda! Eu não consigo! Eu só penso em comer, comer, comer...

Vou até ela. Bato a tampa do vaso e me sento.

— Quais são as regras? — pergunto. Ela me lança um olhar confuso.

— O quê?

— As regras — repito, com veemência. — Recite as regras pra mim.

— Não desistir da dieta — fala de pronto, mas soluça de novo antes de conseguir continuar.

— E... — incentivo, fazendo um gesto com a mão.

— Não comer. — Kátia abaixa o rosto como uma criança encabulada. — Punir-se da maneira necessária...

— Pronto. — Ergo o rosto dela com uma das mãos enquanto, com a outra, afasto as lágrimas dos seus olhos. — Você já obedeceu a uma delas por ter desobedecido outra. Mas qual é a mais importante?

— Não desistir.

— Então não desista.

Kátia assente com fervor para mim, e o olhar de admiração que recebo me coloca no topo do mundo. Sou mais que um exemplo para ela. Sou uma deusa. E, por esse breve momento, com ela aos meus pés, me permito acreditar.

Para Ana, com Amor   **167**

Capítulo 55

Sirvo chá para nós duas quando chega a hora do almoço. Minhas mãos estão levemente trêmulas, o que encaro como um bom sinal: a limpeza está funcionando. Kátia beberica sua xícara e me lança um olhar curioso.

— Quando foi que você começou? — pergunta, e franzo o cenho.

— Comecei o quê?

— A dieta. — Ela revira os olhos e torna a beber. — Quero dizer, você é *muito* boa nisso. Bem melhor do que eu, mas só comecei a me cuidar tem uns meses. Quanto tempo você levou pra conseguir manter essa disciplina toda?

— Algum tempo — admito, embora jamais vá contar pra ela *quanto* tempo exatamente. Não quero destruir a imagem que Kátia construiu de mim; nós duas precisamos dela. — Mas já estou nessa há uns três anos, pelo menos.

Bem mais do que três anos, corrijo mentalmente. Começou no dia 24 de abril, quando eu tinha doze anos. O dia em que descobri que meu pai não tinha morrido — ele só tinha escolhido ir embora. O dia em que fiz greve de fome, achando que ele ficaria impressionado e voltaria para casa. Minha greve de fome durou apenas três horas antes que eu, fraca e faminta, desistisse, e ele obviamente não voltou. As greves seguiram cada vez mais silenciosas, mas meu pai, como todas as outras pessoas, me abandonou sem olhar para trás.

Em algum ponto, no entanto, deixou de ser sobre ele. Quando me dei conta de que me sentia melhor, mais focada, mais capaz quando ficava sem comer, percebi que estava no caminho certo. Quando Enzo, o cara mais bonito da sala, se interessou por mim, percebi que estava no caminho certo. Todas as vezes em que alguém me elogiou por ter perdido peso, todas as vezes em que pude usar algo que nunca tinha conseguido usar antes, cada vez que me pesei e vi os números baixando, soube que estava no caminho certo.

Até me permitir baixar a guarda, é claro. Até ir em todas aquelas festas e jantares e rodízios e churrascos e ouvir o riso condescendente dos parentes me dizendo que ganhei peso e os gritos de Enzo me dizendo que eu estava neurótica. Até eu deixar que me taxassem de doente.

Nunca mais.

Mas não vou contar nada disso a Kátia. Nunca contei a ninguém. Me deleito com sua expressão impressionada e me empertigo na cadeira.

— No começo, era muito difícil — conto, e abaixo a xícara. — Eu falhava muito e não tinha coragem de me corrigir. Mas depois foi ficando mais fácil. — Dou de ombros, como se não fosse nada sério. — Eu descobri que é uma competição mental comigo mesma, sabe? Hoje, preciso passar só uma hora sem comer. E amanhã duas, depois três, e assim por diante. Chega uma hora que a vontade passa.

Para Ana, com Amor **169**

— Eu sou péssima nisso. — Kátia bufa e olha irritada para o chá. — Mesmo agora, tomando essa porcaria, estou pensando em tudo o que eu queria estar comendo.

— Você está se concentrando nas coisas erradas — insisto, e então deixo escapar um suspiro. — Tive uma ideia. Vamos voltar pro quarto.

Ela sequer questiona e se levanta na hora. Seguimos de volta para o quarto ainda bagunçado e peço que ligue o computador. Uma vez ligado, vou até o YouTube e procuro um vídeo qualquer de pessoas comendo. Pauso e me viro para Kátia.

— Agora quero que você veja isso, mas não se concentre na comida — digo, calma como uma professora ensinando uma criança particularmente birrenta. — Foque nas pessoas. Foque nas bocas mastigando, na sujeira que eles fazem pra comer. Preste atenção em como é feio, sujo, impróprio. — Bato de leve nas têmporas dela. — Imagina que essa é a pior coisa do mundo e tudo vai trabalhar a seu favor.

Kátia assente e aperta o play. Enquanto assistimos, tento eu mesma me lembrar contra o que estou lutando e por quem.

Sou minha única amiga. A única que não vai me abandonar. Por mim mesma, vou até o fim.

Capítulo 56

— **E aí, como foi?** — pergunta mamãe ao me buscar no fim da tarde de domingo. — Vocês se divertiram?

Diversão não é a palavra que eu escolheria, mas faço que sim, porque é o que se espera. Mamãe me observa de canto de olho.

— Se alimentou direito? — quer saber, e sinto que antecipa minha resposta como se soubesse da verdade. Mas também sei que ela vai acreditar no que eu disser, porque, mais do que tudo, mamãe quer acreditar em mim. E não gosto de mentir para ela, mas...

Que opções eu tenho?

— Claro que sim — falo, naquele tom de "é óbvio". Posso ouvi-la soltando lentamente o ar, aliviada. — E você? Como foi seu fim de semana?

— Foi... bom. — Ela sorri de um jeito um pouco mais leve. — Fui até o abrigo com a Sônia. Depois voltei e dei uma ajeitada na casa.

— Como foi no abrigo? — pergunto, só pra puxar assunto. Minha mãe e uma colega de trabalho são voluntárias

Para Ana, com Amor 171

num abrigo de animais abandonados, mas mamãe deixou de ir depois que tirou licença para me vigiar. Saber que ela está retomando seus antigos passatempos é saber que ela está voltando a confiar em mim.

— Foi ótimo — diz, e dá um suspiro que é puro cansaço. — É bom estar de volta. Hoje tivemos esse caso de um filhote...

Ela segue falando, e eu acompanho suas deixas com exclamações e comentários vazios, porque é o que se espera. Na verdade, minha atenção está longe, está no que eu e Kátia começamos. E mais distante ainda, nos problemas que preciso resolver. A terapia é um deles. Tenho que dar um jeito de me livrar dela.

Quando me dou conta, já chegamos no prédio, e subimos de elevador, embora todos os meus instintos me implorassem para encarar os treze andares pelas escadas. Prometo a mim mesma que, a partir de amanhã, não vou mais usar o elevador quando estiver sozinha. Exercícios são importantes para o autocontrole.

— Está com fome? — pergunta mamãe assim que entramos, e a casualidade com que diz isso me deixa à beira da paranoia: ela está só me testando ou é uma pergunta genuína?

— Não. Eu e a Kátia almoçamos tarde — digo, com a mesma entonação casual. Não menciono que o almoço em questão foi uma maçã e uma xícara de chá.

— Tá bem — diz mamãe, para a minha surpresa. — Vou deixar um lanche pra você na geladeira, mais tarde você pega.

— Ok. — Dou as costas para que ela não me veja franzir a testa. — Obrigada.

Vou para o meu quarto, ainda analisando minha própria sorte, e ligo o computador. Enquanto isso, tiro a roupa e me encaro no espelho.

Me sinto melhor do que da última vez, isso é certo. Essas vinte e quatro horas de jejum realmente fizeram diferença. Viro de lado para me analisar melhor. Minha barriga está mais funda, menos inchada; resultado dos diuréticos e dos muitos chás que tomei nesse fim de semana. Mas meu culote continua enorme, e meus braços ainda estão flácidos. Faço uma nota mental de que preciso arranjar pesos para exercitar meus músculos. Estou mole como uma velha.

Coloco um pijama confortável, de calças e mangas compridas, e ligo o ventilador de teto. Depois pego a folha amassada dos dez mandamentos e releio cada um com cuidado.

Por tantos anos me disseram que eu estava louca. Que eu estava doente. Que o meu controle não era normal. Por tanto tempo eu achei que ninguém entenderia, que ninguém saberia como é.

Bom, claramente eu estava errada. Juntas, somos mais fortes.

Capítulo 57
DIA 65

Hoje é Terça de Terapia. De novo.

Ainda não sei como me livrar do terapeuta inútil, então me comprometo com mamãe a ir depois da aula. Se a conheço bem, sei que ela vai ligar para o consultório para saber se estou lá. Ela não confia tanto em mim.

Ainda.

O que é bom, reflito. Se mamãe achar que estou comprometida e levando esse negócio de tratamento a sério, vai acabar se acalmando e me deixando em paz. Só preciso segurar por mais algumas semanas.

Pensando nisso, saio da faculdade e pego o ônibus que me deixará mais perto do consultório, mas que ainda me permite uma caminhada de dez minutos. O bastante para amenizar a culpa pela meia maçã que comi há duas horas.

Enquanto espero a minha vez, puxo uma revista ao acaso e folheio entre os casamentos apoteóticos e as separações escandalosas dos famosos. Já estou quase pegando no sono quando finalmente é minha vez de entrar.

Entre o divã e a poltrona igualmente desconfortáveis, fico com o primeiro. Deito de forma a não encarar meu terapeuta, mas infelizmente não posso bloquear sua voz monótona quando me pergunta:

— Como foi sua semana?

— Boa — digo, mantendo minha política de ser monossilábica sempre que possível. Poderia descrever essa primeira semana de liberdade como "fantástica", mas nunca acho extremos muito saudáveis na terapia; geram sempre mais perguntas.

— Como estão as coisas sem sua mãe acompanhando?

— Tranquilas — digo, e depois arrisco: — É estranho não ter ela em casa o tempo todo.

— Estranho como? — rebate ele, e dou de ombros com uma indiferença calculada.

— Estranho bom — digo, soando mais aliviada do que gostaria.

— Você sente falta de tê-la por perto?

— Às vezes — minto. A verdade é que mamãe me sufoca, mas não me sinto bem revelando isso a ninguém além de mim mesma. — Mas acho importante passar um tempo sozinha — completo —, me dá mais privacidade.

— Sim, sim. — Ele parece tão ou até mais entediado do que eu. Ótimo. O que não o anima não o faz desconfiar. — E como está a faculdade?

Respiro fundo e consulto o relógio. Só mais cinquenta minutos. Posso sobreviver a cinquenta minutos.

Para Ana, com amor   175

Capítulo 58
DIA 68

É sexta e Kátia veio almoçar comigo. Nossa versão de almoço consiste em um litro de chá verde (poucas calorias e um excelente detox) e meia maçã cada uma. Estamos sentadas na sala, e acho graça em como Kátia parece perfeitamente à vontade, ao mesmo tempo em que, a meu ver, ela parece totalmente diferente de tudo da minha casa. Como se eu estivesse misturando dois universos que jamais deveriam se encontrar.

— Qual é o seu corpo ideal? — pergunta, mordiscando a maçã. Eu a ensinei a comer bem devagar, em vez de devorar tudo de uma vez, como ela sempre faz, para enganar o estômago.

— Você sabe qual é. A gente fez toda uma galeria lá na sua casa — digo.

— Não, digo, tipo... — Ela encara a maçã, pensativa. — Tipo as suas metas pessoais. Sabe, aonde você quer chegar.

Assinto devagar, sem sequer precisar pensar. Conheço minha meta desde que fiz quinze anos.

- *Pesar menos de 40kg*
- *Ter menos de 60cm em todas as medidas*
- *Abandonar por completo os desejos por comida*

Digo isso a ela e Kátia sorri, colocando a maçã de lado e dando um gole no chá.

— E você? — pergunto.

É uma curiosidade genuína. Kátia e eu somos parecidas em muitos aspectos, mas ela tem um privilégio que eu não tenho: seu corpo já é adequado. Diferente de mim, Kátia tem cintura fina e braços torneados, um rosto delicado e até um bronzeado obtido sem esforço. Ela já veio de fábrica com absolutamente tudo que luto todos os dias para ter. Se não a conhecesse, diria que ela não precisa disso.

— Quero menos, sabe? — diz, mais para si mesma que para mim. — Quero ser menos desesperada por comida, menos dependente, quero ter menos gordura me ameaçando, menos *haters* falando do quanto minha barriga está marcada nas fotos. Quero ter controle sobre mim mesma, assim, que nem você.

Sorrio por dentro e por fora.

Ah, se ela soubesse...

Capítulo 59
DIA 71

De todos os consultórios médicos aos quais minha mãe me arrastou nos últimos meses, o do cardiologista é, de longe, o que menos gosto. As consultas são sempre curtas, como se o médico estivesse competindo consigo mesmo para ver quão rápido consegue finalizar o atendimento, e ele é sempre seco e arrogante. O Homem de Lata, como o apelidei na minha cabeça, é um homem franzino e de meia-idade, dolorosamente magro, com os cabelos tão grisalhos e finos que posso ver os poros da sua cabeça. Nem mesmo minha mãe gosta dele, mas foi o único médico que conseguimos com o parco plano de saúde a que temos direito pela empresa onde ela trabalha, então, aqui estamos nós, pela segunda vez desde o incidente.

— Boa tarde, Ana Clara — diz, quando entramos, sem nem levantar os olhos.

—Ana Eduarda — corrijo. Como é possível que ele esteja olhando para o meu prontuário e ainda assim erre meu nome?

— Você tinha exames pra fazer, certo? Trouxe todos eles? — pergunta, agora sim erguendo os olhos direto para... a minha mãe.

Não sei por que me surpreendo. A paciente sou eu, mas sou sempre invisível. Minha opinião não conta, meu querer não influencia em nada. Parte de mim se incomoda, porque se estou sendo forçada a vir até aqui, o mínimo seria ser tratada como adulta, mas a outra parte relaxa no passar despercebida. Não sou humana para ele. Sou só mais uma paciente que ele tem que atender, só mais um número no protocolo, só mais uns minutos no dia de trabalho. Sou só um experimento.

Minha mãe entrega a papelada. Exame de sangue, eletrocardiograma e um ecocardiograma. O Homem de Lata se ocupa de olhar os papéis tão rápido que é impossível acreditar que ele esteja de fato *lendo* alguma coisa. Ele anota algo no prontuário e devolve os exames para mamãe.

— Está tudo bem. Os exames podiam estar melhores, mas nada que comer melhor e se exercitar um pouco em vez de ficar o dia todo na frente do computador não resolvam.

Fico tão ofendida que preciso segurar o riso e a resposta afiada. Como se ele soubesse. Não deve ter falado diretamente comigo nem meia dúzia de vezes juntando todas as consultas. Se ele se desse o trabalho de falar *comigo* e não *sobre mim,* talvez me fizesse perder menos tempo.

Olho para o lado, e minha mãe está um misto de choque e indignação.

— Doutor, não sei se você se lembra do que a gente conversou na última consulta... — Minha mãe começa a dizer, mas ele a interrompe, lendo do prontuário.

— "Paciente teve um desmaio na academia", não foi? Lembro, sim.

— Minha filha tem um... problema. — continua ela, e a forma como diz *problema,* como se fosse alguma doença vergonhosa, algo nojento que ela não consegue nomear, me faz querer afundar na cadeira. — Estamos fazendo acompanhamento com uma nutricionista e um psicólogo, e eu estava lendo na internet que em casos assim...

— Senhora, senhora. — Ele a interrompe de novo, agora olho no olho. — Google não é médico. Não tem nada de errado com a sua filha. Os exames não estão ótimos, provavelmente porque ela está acima do peso, mas você disse que estão acompanhando com um nutricionista, não? Então é só ficar de olho.

Acima do peso.

Ela está acima do peso.

Acima

do

peso.

— O desmaio pode ter sido uma queda de pressão, calor, não significa que tenha algo no coração...

— Ela tem vinte anos. Você não acha que vale a pena investigar, dado o quadro geral?

Os dois continuam discutindo, minha mãe cada vez mais alterada, o Homem de Lata incisivo, mas monótono. Nenhum dos dois repara em mim — ela, preocupada demais em estar certa, ele, provavelmente ansioso para se livrar de nós. Desligo. Só consigo ouvir em eco, milhares e milhares de vezes, aquelas mesmas palavras.

Acima do peso.

Ela está acima do peso.

Ele vê. É verdade, então. Ele vê.

Mamãe pega a bolsa e se levanta. Levanto junto. Sigo para fora do consultório, do prédio, entro no carro. Não ouço nada. Não vejo nada.

Ela está acima do peso.

Vou morrer.

Capítulo 60

Minha mãe me deixa no hall do prédio e desvia o caminho para passar na administração. Falar algo sobre um vazamento. Não escuto. Não consigo. Só penso em como sou grande.

Estou em todos os lugares. Ocupo todos os espaços. Sou maior do que o mundo.

Minha cara gorda está no reflexo do vidro do carro, minhas pernas gordas estão entrando no elevador, minhas mãos gordas estão segurando a maçaneta, minha boca gorda está engolindo um pedaço de pão e, quando dou por mim, estou inchando, inchando, inchando, inchando.

Quatro fatias de pão,

três fatias de queijo,

duas bananas,

um copo de suco de acerola,

quatro barras de cereal.

Não é o suficiente. Nada é o suficiente.

Ela está acima do peso. Estou acima do peso. Estou gorda, estou imensa, nada do que eu faço vai resolver isso. Sou gorda, vou passar o resto da vida gorda e, já que vou morrer, então vou morrer explodindo como todos vocês queriam que eu fizesse. Não é isso que querem de mim? Que eu coma, coma, coma, coma, coma, coma, coma até morrer, coma até provar que não estou doente, coma até que a comida saia pelos meus poros, pelas minhas lágrimas, corra pelo meu sangue, entupa minha garganta.

Doze bolachas de água e sal,

dois copos de leite,

uma colher de margarina pura,

ânsia.

Não tem pureza nenhuma nisso. O que eu vomitar agora não é castigo nem penitência. É só vergonha.

Eu não mereço me punir. Eu não mereço me corrigir. Eu não mereço estar viva.

Prefiro morrer do que ser gorda, já disse uma vez. Hoje, eu assino a sentença.

Capítulo 61

Estou no banheiro, com a cabeça encostada no vaso e o chuveiro ligado para minha mãe não desconfiar. A ânsia veio, mas não botei nada para fora. Pela primeira vez, não consigo.

Ela tem um... problema.

Ela está acima do peso.

As palavras têm gosto pior do que toda a bile acumulada. Elas têm gosto de nojo de mim mesma. Têm gosto de derrota.

Pego o telefone. Kátia aparece no topo dos contatos. Meu dedo treme sobre o nome dela, mas não consigo apertar. Não é com ela que quero falar.

Vou até a letra P. Ligo para Priscila.

Chama, chama, chama. Não sei se quero que ela atenda ou não. Talvez não. Mas não posso, não quero, não consigo fazer isso sozinha. Chama, chama, chama. Talvez ela não atenda. Quem liga pras pessoas hoje em dia?

— Duda?

Meu coração dispara, a primeira coisa que sinto de verdade em horas. Olho para a tela.

— Alô? Duda?

Boto o telefone na orelha.

— Oi, Pri — falo, quase sem voz —, desculpa, liguei sem querer.

— Vivo fazendo isso. — Ela ri. — Cê tá tomando banho?

— Indo — respondo. Ela fica muda por um segundo.

— Precisa de ajuda?

Não sei. Preciso? Se preciso, de que tipo? O que é ajuda? Quem pode me ajudar?

Eu não tenho salvação.

— Não — digo, embora a verdade que eu queira dizer é *você já me ajudou*. — Foi sem querer. Vou tomar banho.

— Tá bom — diz, mas algo em seu tom me diz que não está tudo bem. — Me manda mensagem depois. Tô com saudade.

Quero chorar. Quero gritar. ~~Quero morrer~~.

Não, não quero. Não agora, não assim. As lágrimas escorrem e a ânsia permanece, mas me levanto do chão.

— Também tô. Beijo, Pri.

— Beijo, Duda. Até.

Capítulo 62
DIA 75

O aniversário de Kátia está chegando, como ela fez questão de me lembrar todos os dias dessa semana. Ela está tão animada com a perspectiva de uma festa que me contagiou com seu bom humor.

Considerando nossa nova aliança, decidi dar um presente a ela. Então cá estou eu, no shopping, em plena sexta à noite, acompanhada de mamãe e xeretando as vitrines em busca de alguma inspiração.

— Que tipo de presente você quer dar? — pergunta mamãe, enquanto me acompanha. Talvez por passarmos pouco tempo uma com a outra ultimamente, ou simplesmente porque nunca fazemos compra juntas, ela parece especialmente contente em me acompanhar.

— Não sei. — Dou de ombros, enquanto olho uma vitrine com vários manequins bem-vestidos. — Roupa não — digo, dando as costas para a vitrine da loja. A ideia de procurar roupas para Kátia é como encarar o abismo real que existe entre os nossos corpos e ter que admitir que posso ser mais controlada, mas ela sempre será a mais magra. Não posso fazer isso comigo mesma...

— Que tal um perfume? — sugere mamãe quando passamos em frente a uma perfumaria. — Ou maquiagem. A gente pode montar um kit legal.

— Não sei... — digo, pensando em todas as coisas que Kátia recebe por causa do seu status de influenciadora digital. Mas mal tenho tempo de argumentar; minha mãe entra, e eu a sigo. Assim que ponho os pés na loja, me arrependo.

Ali, vasculhando os batons e rindo uma para a outra, estão Drica e Patrícia.

Travo na entrada da loja, mas mamãe já seguiu e deu de cara com elas. Como é típico dela, sua primeira reação é cumprimentá-las. Mamãe as recebe com abraços apertados de quem viu alguém crescer e faz comentários sobre a aparência delas. Então, me chama.

É quando elas me veem. E os sorrisos, antes destinados à mamãe, morrem de imediato.

— Oi, Duda! — Drica parece despertar do transe primeiro e me abraça. — Meu Deus, quanto tempo!

— É. Desde a festa do Enzo, né? — comenta Patrícia, me abraçando também. As duas estão lindas como sempre, magras e arrumadas, o modelo de Menina Saudável que mamãe sempre quis como filha.

— Vocês não aparecem mais! — exclama minha mãe, com um falso tom de indignação na voz. — Nunca mais foram me ver!

—Ah, bom... Sabe, né, tia, a faculdade... — Drica começa, meio sem jeito, com um sorriso amarelo.

— É, tá meio corrido. — Patrícia completa. A pior desculpa que já ouvi na vida.

— É, demais! Tantas provas, e eu comecei um estágio...

— Um estágio? — Mamãe bate palminhas, sorrindo. — Que maravilha! Onde?

— Na empresa do meu tio. — Drica sorri, e então me lança um olhar incomodado. — E... e você, Duda? Tá gostando da faculdade?

— Estou. É ótimo — minto, sem nenhuma convicção, mas empino o nariz como se as desafiasse a duvidarem de mim.

— Hum, que bom.

— Ah, na verdade, a gente tem que ir. — Patrícia olha o celular, nervosa. — Foi bom rever vocês.

— Apareçam, viu? — Minha mãe as abraça forte.

— Pode deixar. — Drica se vira para mim, e não consigo decifrar seu olhar. Pena? Culpa? Saudade? — A gente se vê, Duda.

Aceno, mas não digo nada enquanto as observo sair. Depois disso, minha mãe tenta retomar o ritmo de compras, mas estou desapontada demais para me animar com alguma coisa. Só quero a minha vida de volta.

Capítulo 63
DIA 76

Chego ao prédio de Kátia por volta das oito horas no sábado. Conforme vou subindo as escadas até o quarto andar, já consigo ouvir a música e as pessoas falando. O barulho vai ficando tão alto à medida que me aproximo que fico surpresa por ninguém ter chamado a polícia ainda.

A porta está aberta quando chego e, ao entrar, me deparo com uma casa tomada de gente. Garotas altas em roupas estilosas e rapazes bem-vestidos com copos de cerveja na mão. Sinto cheiro de cigarro por toda parte e, depois de entrar, preciso de pelo menos cinco minutos para localizar um rosto conhecido.

— Fala, bichete! — Rodrigo está prestes a me cumprimentar quando para. — Desculpa. Duda.

— Oi — digo, aliviada por encontrar alguém que conheço, mesmo que seja ele. — Cadê a Kátia?

— Deve estar lá na sala. — Ele espia por sobre as pessoas, mas duvido que consiga ver alguma coisa. — Quer beber alguma coisa? Tem cerveja, Catuaba e Jurupinga. Acho que deve ter energético por aí também.

Torço o nariz. Só de imaginar o álcool se transformando em açúcar no meu organismo, sinto meus braços formigarem, como se as moléculas imaginárias fossem pequenos insetos correndo pelas minhas veias.

— Você que sabe. — Rodrigo dá de ombros ao decifrar minha expressão. — Vem, vamos achar a aniversariante.

Ele segue atravessando a multidão e eu tento acompanhá-lo, esbarrando nas pessoas e desejando estar em qualquer outro lugar que não ali. Por fim, Rodrigo chega à sala e enlaça Kátia pelas costas, beijando o pescoço dela e virando-a para um beijo na boca. Permaneço a uma distância segura e desvio o olhar.

— Olha quem chegou. — Rodrigo aponta para mim, e o rosto de Kátia se ilumina num sorriso. Ela está descalça, usando um vestido florido cheio de babados que ficaria horroroso em qualquer outra pessoa.

— Duda! — Ela cambaleia até mim e me abraça, cheirando a álcool.

— Meu Deus, o que você andou bebendo? — Eu a afasto, torcendo o nariz por causa do cheiro.

— Foram só umas doses de tequila! — Ela dispensa minha preocupação com um gesto e então se inclina para falar no meu ouvido. — Era o que tinha menos calorias, eu chequei.

Quero dizer que qualquer quantidade de calorias ainda é muito, mas basta olhar para ela para saber que é inútil. Kátia está feliz e bêbada demais para me dar atenção. Além disso, seu corpo está incrível e ela, diferente de mim, pode aguentar algumas calorias a mais.

— Trouxe isso pra você. — Estendo o presente, uma sacola com vários itens de maquiagem que minha mãe acabou

Para Ana, com Amor 189

escolhendo por mim; o encontro com Drica e Patrícia minou totalmente o meu bom humor.

— Ah, que fofa! Obrigada! Vou guardar!

Ela se afasta aos tropeços e fico frente a frente com Rodrigo. Ele parece um pouco tonto, mas nem de longe tão baqueado quanto Kátia — só bêbado o bastante para sorrir para mim.

— Então, não quer mesmo beber nada? — oferece, passando a mão nos cabelos. — Nem, sei lá, água?

— Agora não. — Tento sorrir, mas não consigo. Olho na direção em que Kátia foi. — Ela sempre bebe desse jeito?

— Só depois que a gente discute. — Ele encara os próprios pés.

— Vocês brigaram?

— Foi uma discussão idiota. Eu trouxe um pedaço de bolo pra ela, só isso. Ela não quis comer, eu quis saber por quê, nós discutimos. Aí ela pegou a droga da garrafa de tequila e encheu a cara.

— Se você não tivesse forçado ela a comer, não teriam brigado — digo, indo em direção à janela da sala em busca de ar. O cheiro de cigarro e bebida ali dentro está insuportável.

— E o que você queria que eu fizesse? — pergunta Rodrigo, exasperado, enquanto me segue. — Ela quase não come mais. Desse jeito ela vai acabar…

— Doente? — completo, em tom de desafio. Rodrigo me encara por um instante tão longo que não consigo sustentar seu olhar. Ele está prestes a dizer alguma coisa quando Kátia reaparece e se joga em seus braços.

— Aí estão as minhas pessoas favoritas! — diz ela, rindo consigo mesma. — Sobre o que estão conversando?

— Nada, Kaká. — Rodrigo tenta sorrir e a abraça, beijando seu rosto. — Nada.

Capítulo 64
DIA 77

Já passa da meia-noite e não sei como ainda estou aqui. É um misto de preocupação com orgulho; não quero ir embora enquanto a festa ainda está claramente fervendo (chega mais gente a cada segundo) e também não quero deixar Kátia bêbada tendo só Rodrigo e toda a sua insensibilidade para cuidar dela.

O que realmente acontece é que Kátia continua bebendo e Rodrigo eventualmente relaxa e bebe junto, e logo sou só eu com uma lata de cerveja que nunca chego a beber andando de um lado para o outro, completamente deslocada. Não sei que ponto estou tentando provar se a única pessoa que eu conheço aqui mal trocou duas palavras comigo a noite toda. Se eu for embora agora, Kátia sequer vai notar.

— Se escondendo, bichete?

Ouvir a provocação de Rodrigo é um respiro. Quando ele se aproxima, estou encostada na janela da sala, a figura completa de uma excluída, a única sóbria, a única sem companhia. Ele encosta do meu lado e esbarra no meu braço de propósito, fazendo minha cerveja intacta cair e se esparramar no chão.

— Ah, cacete, desculpa — diz. — Quer que eu pegue outra?

— Não precisa — digo, mas ele já está de saída. Quando volta, traz um pano de chão e uma cerveja gelada. Ele me entrega a latinha, que coloco no batente da janela enquanto o assisto limpar a sujeira.

— E aí, curtindo a festa? — pergunta ao se levantar, embora claramente saiba a resposta. Nem tento disfarçar.

— Não conheço ninguém. Essa gente é toda da faculdade?

— Tem umas duas meninas que sim. O resto é tudo gente do trabalho da Kaká.

— Do estágio?

— Não, gente da internet. Blogueiro, fofoqueiro, fotógrafo, sabe? A Kaká conhece todo mundo. Não aparecem nunca, mas é só falar em festa que todo mundo vem.

Rodrigo parece insatisfeito, e ele escaneia a festa com os olhos até encontrar Kátia tirando fotos com algumas garotas em poses milimetricamente planejadas. Tem tantos celulares para o alto nesse apartamento que parece mais um show do que uma festa de aniversário. Me sinto uma alienígena digital, ainda mais excluída ao perceber que a minha amiga mais próxima pertence a um mundo ao qual eu não pertenço.

Mais do que isso, é um mundo em que não sou incluída. Priscila também tem vários amigos da faculdade, mas ela pelo menos tentou me incluir. Estou aqui há sei lá quantas horas e Kátia não me apresentou para ninguém.

— Acho que vou embora — digo, finalmente. Rodrigo assente; pela expressão dele, acho que também iria se pudesse.

— Eu falo pra Kaká amanhã.

— Tá bom.

— E, Duda?

Eu me viro para ele, surpresa por ouvi-lo dizer meu nome em vez do *bichete* que é sua marca registrada. Rodrigo sorri.

— Não fica chateada, não. Essa gente é importante pra carreira da Kaká, mas você é a única amiga dela que veio. Sei que isso fez uma puta diferença pra ela.

Olho para Kátia, com seu riso bêbado, suas câmeras e *stories*, alheia a tudo que estamos conversando, e tento imaginar, por um instante, que dentro dela é tão solitário quanto dentro de mim. Então ajeito minha bolsa no ombro e saio.

Capítulo 65
DIA 78

— **Duda!** — **Ouço Kátia** gritar assim que a encontro na faculdade na segunda-feira.

Paro onde estou até que ela me alcance, o que não é nenhum sacrifício; acho que ainda estou de ressaca da festa, mesmo sem ter bebido nada, porque me sinto mole e cansada. Dormi quase o domingo inteiro e não parece ter sido o suficiente.

Kátia, contudo, parece saída diretamente de um catálogo de grife. O cabelo está perfeito, a roupa está perfeita, ela anda perfeitamente e usa óculos de sol perfeitos. Tenho vontade de achar algo nela pra ofender, mas não consigo; só sinto nojo de mim mesma por querer atacar uma amiga simplesmente porque me sinto um lixo.

Tudo acontece num piscar de olhos, e logo ela me alcança, segurando minha mão e dizendo:

— Onde você foi parar no sábado? Nem te vi indo embora!

— Estava muito cheio, eu fiquei cansada. O Rodrigo não te avisou quando eu fui? — desconverso. Ela ri, jogando o cabelo para o lado, e começamos a andar novamente.

— Deve ter avisado, mas, se eu falar que lembro de muita coisa, é mentira!

— Eu imagino — digo, e, sem conseguir me controlar, emendo: — Você sabe quantas calorias...

— Eu sei, eu sei. Mas era meu aniversário, poxa! Não mereço?

Quero responder que não, não merece. Que se merecesse, não teríamos feito esse pacto. Mas a quem estou querendo enganar? Kátia está em plena forma, melhor do que nunca. Ao contrário de mim, não vai ser uma bebedeira que vai acabar com todos os objetivos dela.

Como esperado, passamos direto pela lanchonete, mas posso ver os olhos de Kátia espiando, famintos, as pessoas nas mesas e restaurantes, e também a vitrine com os salgados enfileirados. Remexo na bolsa até encontrar chicletes e os ofereço a ela, que pega de bom grado.

— Meu estômago está me matando — reclama, e enfia o chiclete na boca. — Estou fazendo tudo que você me disse, diminuindo a quantidade de refeições por dia, chá nos intervalos, mas essa fome...

— É psicológico — digo uma mentira que repito pra mim mesma há anos. — É só falta de prática, daqui a alguns dias você se acostuma.

Kátia encontra um banco e se senta, e eu agradeço mentalmente, já que minhas pernas estão bambas apesar de estarmos andando há menos de cinco minutos. Observamos o fluxo infinito de pessoas passando por mais alguns minutos até Kátia quebrar o silêncio.

— Às vezes eu só quero desistir — sussurra, como se só para si mesma. — Ceder, sabe? Nunca vou ser magra. Nunca vou ser bonita. Às vezes me sinto ridícula por tentar. Você não?

Para Ana, com Amor 195

O tempo todo, penso. Cada minuto de todos os dias, eu me sinto inútil e impotente e incapaz. Para cada hora em jejum, são mais centenas que gastei ingerindo calorias que

nunca

vão

embora.

Mas se eu ceder, se eu parar, se eu desistir, como fiz ano passado, o que sobra de mim? Meus amigos me deixaram. Meus sonhos morreram. Enzo me abandonou. Se eu perder de vista as minhas metas, a única coisa que me mantém seguindo, aquilo que me define, então quem sou eu?

— Às vezes — admito, e por mais que eu tema que esse pequeno momento de fraqueza vá mudar completamente a forma como Kátia me enxerga, tudo que vejo nos olhos dela quando nos olhamos é compreensão. Respiro fundo. — Mas é por isso que você está aqui. Pra me incentivar. Eu não vou desistir se você prometer não desistir também.

Ela sorri. Não um sorriso de conivência, muito menos de chacota. Um sorriso de cumplicidade mútua. Eu já sabia, mas é neste momento que tenho certeza de que encontrei alguém que me enxerga como igual. O pensamento me assusta por um instante, mas então me conforta. Aqui, agora, somos eu e ela contra o mundo.

Não sei como, mas vamos vencer.

Capítulo 66
DIA 79

É Terça de Terapia, e estou contando os segundos para sair desse consultório horroroso.

Passamos a última hora falando sobre a minha família — ou tentando falar, já que o terapeuta me fez perguntas e eu evitei ao máximo dar respostas. Ele quis saber sobre meus avós e minha relação com a minha mãe, sobre minhas lembranças de infância e, especialmente, sobre meu pai.

Não quero falar disso. Não vou falar disso. Não *suporto* falar disso.

Então, em vez de responder, estou listando mentalmente as coisas que odeio neste lugar. Odeio o sofá de couro que faz um barulho estranho quando me movo. Odeio o cheiro de mofo que parece impregnado nas paredes. Odeio os cabelos grisalhos do meu terapeuta e a maneira displicente com que olha para mim. Odeio seus diplomas pendurados tortos nas paredes e odeio as paredes sem cor e sem vida.

Odeio perder tempo da minha vida trancada aqui.

Não sei como, mas preciso me livrar da terapia. O mais rápido possível.

Capítulo 67
DIA 81

Só tenho a primeira aula hoje. Passo mais tempo no carro com a minha mãe indo para a faculdade do que em sala de aula ouvindo o professor. No meio da manhã, já estou livre, pegando o ônibus de volta para casa.

Quando chego, já sei o que quero fazer. Hoje, tenho uma vantagem que não tenho há meses: horas de liberdade pela frente. Minha mãe só volta depois do almoço, e estou livre e solta, ainda que muito longe de estar leve. Mas posso corrigir esse erro — e sei exatamente como.

Troco de roupa, substituindo o jeans por um short de lycra, o sapato por um tênis de corrida abandonado no armário e o sutiã por um top de corrida sob a blusa larga. Pego uma toalhinha de rosto e uma garrafa de água. Estou quase saindo quando decido pegar uma barra de proteína antes. É das engordativas, não das de baixa caloria, mas dou apenas duas mordidas, o suficiente para saber que não vou passar mal. Só duas mordidas. É o suficiente.

Equipada com uma esteira, uma bicicleta ergométrica, alguns halteres e dois colchonetes, a academia cheira a suor velho e esquecimento. Além de mim, há apenas um idoso, caminhando lentamente na esteira, uma novidade, até onde me lembro. Nunca vi nenhum dos meus vizinhos aqui antes. Às vezes acho que este lugar existe só para mim.

Coloco os fones de ouvido e uma música pop qualquer no último volume e vou para a bicicleta ergométrica. O objetivo inicial é trinta minutos, mas me conheço. Aguento mais. Faço uma hora fácil.

Pedalo no ritmo da música. Fecho os olhos, sentindo os músculos queimarem. Tento imaginar que é uma corrida rumo à minha meta pessoal e que estou pedalando, pedalando, acelerando em direção a ela.

Se fosse uma corrida, eu estaria perdendo.

Pedalo mais rápido e mais rápido, e tento concentrar em cada movimento o ódio, a raiva, o desprezo por mim mesma. Eu me abandonei, e é por isso que estou perdendo. Eu me deixei levar. Eu me maltratei. Eu fiz isso comigo mesma, eu *deixei* que fizessem isso comigo mesma. Não importa o quanto eu pedale, o quanto acelere, nunca vou conseguir compensar.

Mais rápido, mais rápido, mais rápido. A música é só um borrão. Eu corro e queimo e acendo como uma tocha, mas nunca consigo alcançar. Sempre vou perder, porque sou fraca, fraca, FRACA, e quem sabe, se eu canalizar todo esse *nojo*, toda essa *raiva*, quem sabe eu consiga alcançar...

Tombo para a frente.

Paro.

Abro os olhos e percebo que perdi o equilíbrio. Fui rápido demais, cedo demais, e estou arfando, completamente desorientada. Arfo por ar e tomo um gole de água. Olho o relógio no telefone.

Nem quinze minutos e não aguento mais.

Para Ana, com Amor

Fraca, fraca, fraca, repito. Quero continuar, mas vejo minhas mãos trêmulas, e decido escolher minhas batalhas. Saio da academia, deixando um homem cinquenta anos mais velho do que eu e pelo menos cem vezes mais capaz para trás.

Capítulo 68
DIA 82

Na sexta-feira, Kátia não está em lugar nenhum e também não atende o celular. Eu a procuro pelo campus a cada intervalo e, quando a aula acaba, percebo que minha única opção é falar com Rodrigo. O que é bem conveniente, uma vez que o vejo vindo em minha direção, carregando uma pasta gorda e encarando os próprios pés enquanto anda.

— Rodrigo. — Paro na frente dele, que se assusta quando me vê.

— Duda. Oi! — diz, me fazendo estranhar. Sem piadinhas hoje? Tem algo errado.

— Cadê a Kátia? — pergunto, ao mesmo tempo em que ele diz:

— Posso conversar com você?

Nos encaramos desconfortavelmente por um instante, nenhuma pergunta sendo respondida.

— A Kátia não veio hoje — diz Rodrigo, enfim. — E era sobre isso que eu queria falar com você. Tem um minuto?

— Sim — falo, embora não seja exatamente em tom de resposta. Ele procura um banco e se senta, e eu o acompanho.

Para Ana, com amor 201

— A Kátia parece estranha pra você ultimamente? — pergunta, a testa enrugada de preocupação.

— Estranha? — repito, devagar.

— É, ela… — Ele começa e passa a mão no cabelo, um ar de derrota no rosto. — Sei lá. Ela não quer mais sair de casa. Chamei ela pra um rodízio japonês outro dia e ela disse que não podia comer.

— E?

— Que não *podia* — enfatiza, olhando para mim. — Não que não queria, mas que não podia, como se fosse proibido, ou sei lá.

Tenho uma sensação esquisita de *déjà vu*, e percebo que é porque escutei coisas muito parecidas de Enzo quando ainda estávamos juntos. A dor e a preocupação de Rodrigo, contudo, são claros. Será que as dele também eram? Será que ele também se preocupava comigo tanto assim?

Pisco, mandando os sentimentos embora. Eles não são a mesma pessoa, mas Rodrigo, assim como Enzo, simplesmente não entende. Foco no que é bom e sinto uma pontinha de orgulho de Kátia. Ela realmente está se esforçando.

— Só estou te perguntando porque ultimamente você é a única com quem ela ainda conversa. — Ele suspira, batucando na pasta com os polegares. — Kátia passou muito mal ontem, teve que correr pro hospital e eu descobri que ela ficou o dia todo sem comer. Estou preocupado com ela, só isso.

— Tenho certeza de que ela está bem — digo, no automático, mas sem nenhuma convicção. Porque só consigo pensar em um passado não tão distante em que eu acordava em uma maca, sem saber direito o que tinha acontecido. Só consigo ouvir a voz de Priscila me dizendo que eu precisava de ajuda. Só consigo lembrar das pessoas me dizendo que eu estava doente.

O que você está fazendo?, diz uma parte de mim, enquanto a outra raciocina que Kátia só está se sentindo mal porque é fraca, indisciplinada, porque não tem prática. Eu só passei mal porque abusei uma vez. Fui descuidada. Aprendi minha lição, reconheci meus limites e melhorei. E estou bem, não estou?

Não estou?

O que vocês estão fazendo?

— Será que está? — questiona Rodrigo. — Sei lá. Ela sempre foi de fazer dieta, mas isso é diferente. E se ela virar uma dessas doidas que não come nada e acabar se matando?

O tom com que ele diz isso me deixa transtornada de imediato, e me levanto tão rápido que Rodrigo se assusta. Eu devia saber que não é preocupação: é ego. Rodrigo, assim como Enzo, só está preocupado com o quão *maluca* a namorada parece ser, e não com quão bem ela realmente está.

— Se você está preocupado, deveria tentar falar com ela — digo, e sinto a raiva borbulhar enquanto cuspo as últimas palavras. — E se Kátia precisar de ajuda, acredite, ela vai pedir.

Ela já me pediu, completo mentalmente, mas sei que Rodrigo não entenderia. Dou as costas e vou embora antes que ele possa dizer mais alguma coisa.

Capítulo 69

Ligo para Kátia assim que chego em casa. Ela não atende de primeira, mas tento novamente. Quando, por fim, responde, sua voz parece distante e cansada.

— Oi, Duda — diz.

— Oi — falo, uma pausa. — O Rodrigo disse que você está doente! O que aconteceu?

— É só um mal-estar. Eu... — Ela limpa a garganta. — Eu estou sem comer desde quarta. Quero dizer, estava. — Ouço-a suspirar do outro lado da linha. — O Rodrigo veio aqui e me obrigou a comer.

— Sei como é — digo, em solidariedade. Enzo costumava fazer o mesmo.

Ficamos em silêncio um instante e ouço fungadas e soluços baixos pelo telefone. Um arrepio corre pelo meu corpo quando me dou conta de que ela está chorando.

— Ele me chamou de louca. — Kátia soluça. — Disse que eu estou tentando me matar.

— Isso é ridículo! — grito. — Ninguém morre por causa de uma dieta.

Prefiro morrer do que ser gorda. Você não?, tenho vontade de perguntar para ela. A verdade é que não sei quem está tentando convencer quem.

— E se nós formos as primeiras? — pergunta, a voz alta, histérica. — Ontem eu desmaiei. Assim, do nada. Achei que fosse morrer, Duda. Não sei se consigo encarar isso.

Tiro o telefone da orelha por um instante, respirando fundo. *Você não está louca, você não está louca, você não está louca.* Não sei mais com quem estou falando; só sei que, sem Kátia, quem não consegue encarar sou eu. Já estive sozinha por tempo demais. Se Kátia soltar minha mão agora, acabou, e se acabar...

Prefiro morrer do que ser gorda.

— Olha... — digo ao colocar o telefone na orelha de novo. — Eu sei como é isso, ok? A fraqueza te deixa impotente. Mas vai passar, Kátia, eu prometo. É só dar tempo ao tempo. — Paro e resolvo apelar. — Você não quer ser magra?

— Quero — responde, rapidamente.

— Você confia em mim?

— Confio.

— Então não desista. Nós estamos juntas nessa.

Kátia não responde. Eu a ouço se afastar do telefone e assoar o nariz. Longos minutos se passam antes que ela pegue o celular novamente.

— Obrigada — diz, num suspiro.

— Estou aqui pra isso.

Para Ana, com amor 205

Capítulo 70
DIA 84

Passo a manhã sozinha no domingo: não falo com Kátia nem uma vez, minha mãe vai até o abrigo de animais em que é voluntária, e, quando me dou conta, já são quase duas horas e passei o dia sem interagir com ninguém.

O dia está quente e estou faminta, então me entupo de água e chá. Em vez de me hidratarem e apaziguarem meu estômago, o excesso de líquido faz com que eu fique inchada como um balão. Ando impaciente pela casa, me sentindo como uma grávida carregando sua barriga enorme de dezenas de semanas de gestação, e, não importa quanto xixi eu faça, continuo imensa.

O problema não são os líquidos, eu sei. Tem muito mais coisa retida em mim. Só as dietas não estão ajudando.

Você sabe o que precisa fazer, diz a vozinha na minha cabeça. Mas meu coração dispara só de lembrar do mal-estar no outro dia, quando estava na bicicleta. Estou completamente fora de forma. Não quero ir para o hospital de novo. Seria pedir para perder tudo. Não agora que estou começando a reconquistar minha liberdade.

É só pegar leve, insiste a voz, e me vejo puxando o celular e pesquisando quantas calorias posso perder com cada um dos aparelhos disponíveis na parca academia do prédio, montando um treino na minha cabeça. Sem pensar muito, me troco e pego uma garrafa d'água. Desço.

Estou sozinha hoje, o que é bom; me convenço de que isso significa que sou a única pessoa firme nos próprios objetivos a ponto de ir para a academia em pleno domingo. Começo me alongando. Vou com calma. Meus músculos reclamam do tempo parada, e tenho certeza absoluta de que não vou aguentar muita coisa depois de tantos meses sedentária. Vou para a bicicleta e ponho uma música no celular.

Só quinze minutos. Quinze minutos leves. Umas 130 calorias. Posso ir treinando meu condicionamento para conseguir ficar mais tempo nas próximas vezes.

Os quinze minutos passam rápido demais, e estou cansada, mas nada sobrenatural. Vou para o colchonete. Faço uma série curta de agachamentos, abdominais e alguns exercícios com os halteres. Respiro cada vez mais rápido, mas lembro que isso é normal. É meu corpo pedindo oxigênio para trabalhar. Já estou sentindo a endorfina circulando, me pedindo por mais.

Largo os halteres. Não sei se aguento mais. *Preciso aguentar mais*. Pego o celular pra ver quanto tempo se passou.

Tem duas mensagens de Priscila.

A primeira foi há meia hora.

Pri: *Oi, Duda! Eu tô aqui do lado da sua casa fazendo um trabalho da faculdade e tô com seu casaco no carro. Posso passar aí pra te devolver?*

Casaco? Que casaco? Então me lembro do aniversário de Sofia e do casaco esquecido há mais de um mês. Não achei que o veria tão cedo.

A segunda mensagem chegou faz cinco minutos.

Pri: *Duda, tô aqui na porta. Você pode vir rapidinho buscar?*

Merda.

Recolho as coisas e mando um "tô indo" pra ela. Dou a volta no prédio pelo lado de fora até chegar no portão e, ao sair, Priscila me vê e desce do carro. Quando a alcanço, ela está fechando a porta de trás do carro, com o meu casaco na mão. Ela sorri, mas fecha a cara quando presta mais atenção em mim.

— Obrigada por trazer aqui — digo, estendendo a mão para pegar o casaco.

— Você estava na academia? — pergunta, sem rodeios.

Olho para mim mesma. Merda, merda, merda.

— Só fiz uns alongamentos — digo, mas estou coberta de suor e sei que Priscila não é burra. Mesmo assim, tento de novo. — O médico liberou se eu pegar leve.

— Duda, você *não pode* fazer isso! — exclama Priscila. — Foi por causa disso que você passou mal da última vez! Quer ir parar no hospital de novo? Meu Deus, é tão difícil assim pra você respeitar os seus limites?

A forma como Priscila fala, como se eu fosse uma criança irresponsável que ela estivesse cansada de ensinar, acaba comigo. Quando respondo, sou puro veneno.

— Me diz você, já que nunca respeitou os meus!

Priscila me olha, chocada e ofendida, mas não me arrependo do que disse. É a mais pura verdade. Estou há anos pisando em ovos com ela, indo e voltando dessa amizade de mão única. Chega.

— Eu só estou preocupada com você! — diz ela, e solto um riso sarcástico.

— Você tem um jeito muito estranho de demonstrar — replico.

— Como você queria que eu mostrasse? Você nunca fala comigo!

Lembro daquele dia no banheiro, quando liguei para ela e fingi ter sido acidente. Penso em todas as vezes em que tentei falar sobre como as brigas com Enzo me sufocavam e ela me dizia que ele só estava preocupado comigo, em todas as vezes que tentei explicar como eu me sentia e ela só sabia dizer que eu precisava de ajuda, que eu tinha que procurar ajuda, ajuda, ajuda, mas e a ajuda *dela*? Priscila era minha melhor amiga. Se eu precisava tanto de ajuda, por que ela nunca me ajudou?

— Você nunca se preocupou em me escutar, pra começo de conversa! E eu tentei falar, Pri. Eu tentei *tanto* falar com você! O problema é que você só enxerga as coisas que te atingem!

— *Eu* só vejo as coisas que me atingem? — devolve, e me dou conta de que estamos gritando uma com a outra no meio da rua. — Você é a última pessoa que pode falar isso, Duda! Faz anos que você vive no seu mundinho e esqueceu completamente de olhar pra fora! Você não se preocupou em ver o que estava acontecendo com nenhum dos seus amigos! Você vive por aí falando que todo mundo te virou as costas, mas a verdade é que *você* virou as costas pra todo mundo primeiro.

É pior do que se ela tivesse me atingido fisicamente. Me sinto sem ar, e o que sai de mim é um misto de choque e riso.

— É isso que você acha que eu fiz? — digo, sentindo a primeira lágrima cair, seguida de outra e mais uma. — Depois de tudo, você tem coragem de jogar a responsabilidade em cima de mim?

— Não, o que eu estou dizendo é que você está tão enfiada na própria cabeça que distorce absolutamente tudo! — Ela faz um gesto na minha direção, como se para provar um ponto. — Todas as vezes em que o Enzo tentou falar com você...

— E você ficou do lado dele...

— Todas as vezes em que eu tentei te fazer procurar ajuda...

— E você me dedurou pra minha mãe...

— Você queria que eu fizesse o quê, Duda? — Priscila me interrompe, mais alto e mais irritada do que nunca. Me encolho instintivamente, e ela cresce ainda mais. — Queria que eu agisse como se fosse supernormal minha melhor amiga se pesar quatro vezes por dia? Que eu achasse tranquilo você ir escondida pro banheiro vomitar durante uma festa, todos os remédios, todas as dietas, tudo? O que você queria de mim, Duda? Que eu esperasse você morrer pra fazer alguma coisa? Porque é isso que você está fazendo. Você está se matando e nem percebe.

— Então que eu morra, Priscila! Que eu morra! Prefiro morrer do que ser gorda!

Eu a encaro, completamente em choque, as lágrimas caindo desenfreadas. Os ecos da minha própria voz me perseguem. Já pensei nisso tantas vezes, já repeti essa frase para mim mesma tantas vezes, mas nunca a falei para ninguém, nunca em voz alta.

É isso mesmo?, penso. É isso mesmo que eu quero? Ser magra ou morrer tentando? Não faz tanto tempo, achei que teria conseguido. Senti meu corpo flutuar e cair e vi meus olhos se fecharem para o nada. Foi aterrorizante, mas também foi um conforto. Naquele curto período apagada no chão da academia, senti paz pela primeira vez, experimentei o silêncio na minha cabeça pela primeira vez. A pior parte não foi cair; foi acordar e perceber que não tinha acabado, que eu ainda estava ali, presa a mim mesma e ao horror de todos os dias saber que eu estava cada vez mais longe de quem eu queria, gostaria, poderia ser se apenas fizesse as coisas *direito*.

Melhor morrer agora do que viver o resto dos meus dias em um corpo gordo. Então me corrijo mentalmente. Matar o corpo não é nada. Já não estou viva há muito tempo; ando arrastando o peso morto que é habitar minha própria cabeça. Se eu pudesse trocar o barulho alto da gordura pelo silêncio sepulcral da magreza, eu o faria em um piscar de olhos.

Priscila soluça, me trazendo de volta ao agora.

— Duda, por favor… — diz, e é demais para mim.

Corro para dentro, batendo o portão com força e ignorando os olhares enviesados do porteiro e de alguns vizinhos, segurando meus soluços e meus gritos até que eu esteja em casa e possa, enfim, chorar em paz.

Capítulo 71

O celular toca uma, duas, dez vezes.
O nome dela sempre aparece na tela.
Desligo o aparelho, mas o silêncio desejado não vem.
Afundo o rosto no travesseiro e grito.

Capítulo 72

São quatro da tarde quando minha mãe liga para avisar que está saindo do abrigo de animais. Ela pede mil desculpas, diz que se enrolou, pergunta se comi, se estou bem, se quero alguma coisa da rua.

Sim, mamãe. Sim, mamãe. Não, mamãe.

Sento no chão do quarto, repassando a briga com Priscila, e espero minha mãe chegar. O fim de tarde escurece o quarto.

Estou

sozinha.

Capítulo 73
DIA 85

Na segunda-feira, ainda estou enjoada — não sei se do jantar que minha mãe me força a comer ou se da briga com Priscila.

Passei a noite inteira me revirando na cama. Parte de mim quer mandar uma mensagem para ela e dizer que sinto muito, e a outra parte não quer vê-la nunca mais. Cada vez que sinto vontade de falar com Priscila, me concentro em Kátia: ela, sim, é minha amiga de verdade. Kátia me vê e me entende. Kátia me vê e me aceita. Kátia me vê e não vai embora.

Quando a encontro na faculdade naquela manhã, a primeira coisa que faço é abraçá-la. Forte, com vontade. Ela não entende nada a princípio, mas me abraça também.

— Bom dia pra você! — Ela ri. Só então reparo em Rodrigo e na câmera do celular apontada na nossa direção e percebo que atrapalhei alguma coisa.

— Ah! Desculpa! — digo, o rosto queimando de vergonha. Rodrigo balança a cabeça.

— Relaxa. Ficou bonitinho.

Ele nos mostra a sequência de fotos, que começa com Kátia posando com o look do dia — uma saia longa com estampa floral e um cropped de crochê branco, uma combinação que absolutamente mais ninguém no mundo seria capaz de fazer dar certo — e termina com a minha invasão e nosso abraço. É fofo, de certa forma. Pareço uma tiete, não uma amiga. Com meus jeans e a camiseta larga, nem pareço pertencer à mesma esfera de realidade que ela.

— Ah, que lindinho! — exclama Kátia. — Vai ser essa. Qual é o seu arroba mesmo?

— O meu... não, não posta, não! — digo, tomada pelo pânico.

— Por que não?

— Porque eu estou horrível, Kátia. Fala sério! Eu pareço um balão do seu lado!

— Que isso, bichete, nada a ver! — fala Rodrigo, e Kátia faz coro.

— Imagina, Duda, olha isso! — Ela dá zoom na imagem. — Olha como seus braços estão finos! Você emagreceu, está linda!

Olho para a foto e tento ver qualquer indício de magreza: os tais braços magros, a silhueta menor, coxas mais esguias, qualquer coisa. Não tem nada lá.

Você emagreceu. Ela não mentiria para mim, não é? Não a Kátia. Nunca a Kátia. Nós temos um pacto.

Ela afasta o celular de mim, os dedos se movendo na velocidade da luz. Olho dela para Rodrigo, que me encara com um semblante fechado, impassível.

— Pronto, postei, já foi! E não me peça pra apagar porque isso detona meu engajamento! — diz.

Mal escuto.

Você emagreceu.

Me prendo a essas palavras como um colete salva-vidas. Não pode ser verdade. *Por favor, seja verdade.* Penso na foto, no reflexo, nos números na balança.

Ainda não é o suficiente.

Capítulo 74

A aula acaba mais cedo do que o esperado. Como falta mais de quarenta minutos pro fim da última aula, desisto de esperar para ver Kátia antes de ir embora e só mando uma mensagem para avisar que já saí.

Ando até o ponto de ônibus e me sento ao lado de um rapaz que usa fones de ouvido e de uma senhora com sua sacola de feira. Sorrio sozinha, esperando o ônibus chegar. Quando o avisto no horizonte, eu me levanto para fazer sinal.

O mundo desaparece sob meus pés.

Eu caio.

Minha visão fica completamente turva. O dia vira noite. O chão vira céu. O sim vira não. Eu viro ar. Leve, leve, leve. Eu flutuo. Eu deslizo.

Eu caio.

Nada. Nenhum som. Nenhuma cor.

Apenas o nada.

Abro os olhos devagar, e a luz me cega. Há dois rostos desconhecidos na minha frente, um rapaz e uma senhora, os mesmos que estavam sentados comigo há pouco, ambos de testas franzidas e mãos estendidas para mim.

— Você está bem? — pergunta o rapaz. Seguro sua mão e ele me ajuda a levantar, enquanto a senhora recolhe meus pertences caídos no chão. Algumas pessoas passam pela calçada e me encaram enquanto me coloco de pé.

— Foi só uma queda de pressão — minto. Minhas mãos tremem enquanto pego as minhas coisas de volta.

— Eu sei como é — concorda a velhinha. — Esse sol forte derruba mesmo a pressão da gente. Aconteceu comigo outro dia na feira...

Ela continua falando sozinha, mas não dou atenção. Outro ônibus que passa perto da minha casa aparece e eu faço sinal. Entro apressada e sigo o caminho todo distraída, tentando entender o que aconteceu.

Assim que chego em casa, corro para a cozinha. Pego uma garrafa de água gelada na geladeira e tomo três goles rápidos. Abro a torneira da pia e molho primeiro meus punhos, depois a testa e a nuca.

Não estou com medo, não estou com medo, não estou com medo, não estou com medo, não estou com medo, não estou com medo, não estou com medo, não estou com medo.

Da última vez que desmaiei, eu estava na academia do prédio. Tinha corrido muito. O médico me disse que não posso mais correr. Eu me lembro da fraqueza, da queda e de acordar no hospital. Me lembro da ambulância e da minha mãe chorando. E me lembro de me dizerem que eu estava doente.

Não. Não é como da última vez. Eu estou mais controlada, mais experiente. Me curei e agora estou retomando a minha vida. Não é a mesma coisa.

Não estou doente. Repito isso pra mim mesma até minha boca secar. Até as palavras serem internalizadas. Até eu esquecer e conseguir continuar.

Capítulo 75
DIA 88

São oito da noite de quinta-feira e minha mãe ainda não chegou em casa. Ela também não mandou nenhuma mensagem nem ligou para avisar onde está. Estou preocupada.

Resolvo esperar mais meia hora. Se em meia hora ela não ligar, então eu ligarei.

Dez.

Quinze.

Vinte.

Vinte e cinco.

Isso está ficando ridículo. Pego o celular e começo a discar, quando o telefone fixo toca. Corro para atender.

— Alô? — digo, ofegante.

— Filha? — Ouço a voz de mamãe, o que me acalma e me agita ao mesmo tempo.

— Oi, mãe — digo, engolindo em seco, a mão até então apertada ao telefone relaxando devagar.

— Duda, desculpa! Aconteceram umas coisas aqui… — Ela suspira alto. — Foi de última hora, não deu pra avisar. Mas tem comida pra você na geladeira.

— Tudo bem — digo, mais calma agora.

— Duda — diz mamãe, muito séria, e em seguida fica em silêncio.

— Mãe?

— Você está bem, filha? — pergunta, um tom de angústia na voz. — Você vai me dizer se precisar de ajuda, não vai?

Tenho a leve sensação de que ela não está se referindo ao jantar. Estranho, mas respondo o que se espera.

— Claro.

— Certo. — Eu a ouço suspirar mais uma vez. — Te vejo mais tarde.

— Tudo bem. Beijo.

— Outro.

Desligo o telefone e encaro a casa vazia. Eu sabia que eventualmente minha mãe voltaria à rotina de trabalho em horários malucos e jantares de última hora com clientes importantes, mas não achei que seria tão rápido. É como se eu estivesse perdendo todas as pessoas de novo nesses últimos dias — não posso mais confiar em Priscila, minha mãe não está aqui para me fazer companhia, Kátia está espiralando. O silêncio de não ter ninguém comigo é ensurdecedor. Depois de meses acompanhada o tempo todo, não ter minha mãe mais por perto não é libertador como eu esperava. É só…

Solitário.

Mas preciso aproveitar a oportunidade que tenho, então vou pra cozinha. Seguindo o roteiro, enceno um jantar que não aconteceu e dou destino apropriado à comida que supostamente comi, deixando a louça na pia. Vou para a cama cedo, de estômago vazio, como tem de ser.

Capítulo 76
DIA 89

Acordo com o despertador do celular. São seis e meia. Estou morta de sono, como se não tivesse dormido a noite toda. Sinto que, se eu ousar me levantar, vou cair, mas mesmo assim eu me levanto.

Tropeço em direção à porta. Estou tonta, mas vai passar. É sempre assim quando durmo pesado demais. Levanto zonza, o mundo gira, ameaço cair, mas não caio. Nunca caio.

Vou para o corredor e, pelo silêncio da casa, percebo que mamãe ainda está dormindo. Não a ouvi chegar ontem à noite. Abro lentamente a porta do quarto dela e a ouço ressonar baixinho, o despertador totalmente ignorado. Entro no cômodo às escuras e me sento em sua cama.

— Mãe — chamo, chacoalhando-a devagar.

— Hummm… — É tudo o que ela diz, um ruído sem sentido, característico de quem está entre o dormir e o acordar.

— Eu tenho que ir pra faculdade — falo, baixinho. Ela nem se mexe. — Quer que eu vá sozinha?

— Não, eu…. lev… — Ela mal consegue completar a frase e já está dormindo de novo.

222   LARISSA SIRIANI

— Até de noite — digo, então, e dou um beijo no rosto dela.

Saio. Volto para o meu quarto e abro o guarda-roupa, me perguntando o que devo vestir. A manhã está quente, mas não tenho coragem de colocar um short e exibir minhas pernas gordas, então pego uma calça jeans e uma camiseta sem mangas. Não suporto ver meus braços, então ponho uma blusa fininha por cima. Pronto, bem melhor.

Escovo os dentes e o cabelo. Fios e mais fios ficam no pente. Passo desodorante. Evito me olhar no espelho para não encarar o fato de que, não importa o que eu faça, o reflexo nunca melhora. Pego minha bolsa, que hoje parece muito mais pesada do que o normal, e saio.

As escadas me dão vertigem. Andar me dá vertigem. O metrô me dá vertigem. Mas estou bem. Continuo bem. Melhor do que nunca.

Chego à faculdade, mas não consigo prestar atenção na aula. Encontro Kátia no intervalo, mas não me lembro sobre o que conversamos. O tempo todo, cada segundo de cada minuto de todas as horas, só consigo sentir essa dor, esse buraco dentro de mim que ruge e faz doer minha barriga, minha garganta, meus músculos, meu cérebro, meu tudo.

Mas tudo bem doer. Dor significa que está funcionando. Dor significa que estou limpa. E vai passar. Sempre passa. Só preciso aguentar mais uma hora. Só mais uma hora.

Uma hora.

Depois outra.

E outra.

Olho para as minhas mãos e não sei por que estão tremendo. Eu já aguentei mais. Eu já fui mais forte. Eu já resisti por mais tempo.

Então por que continuo sentindo fome?

— Você está bem? — pergunta Kátia em algum momento. Ainda é intervalo? Olho o relógio do celular. Quase meio-dia. As aulas já acabaram e eu nem me dei conta.

— Sim — minto, mas até minha voz está fraca.

— Tem certeza? — insiste. — Você quer uma água ou algo assim?

Não.

Não quero água.

É muito pior.

Eu quero *comer*.

Capítulo 77

Não sei como consegui chegar em casa. Estou há mais de um dia sem comer, pra valer dessa vez. Sem chá, sem cafezinho, sem um biscoito para disfarçar. Jejum puro, como os que eu costumava fazer. Como os que, aparentemente, meu corpo esqueceu como funcionam.

Largo minhas coisas no chão da sala e me deito no sofá. Meu estômago se revira. Estou com tanta fome que tenho ânsia de vômito. Tanta fome que estou paralisada. Tanta fome que comeria a cozinha inteira.

Mas tudo bem se eu comer, não? Não muito. Só um pouquinho. Uma maçã. Tomar um copo de suco. Só uma coisinha para me ajudar a passar o resto do dia. Só um tiquinho de qualquer coisa que me tire essa dor.

Olhe para mim. Barganhando com o diabo. Duda, Duda, você não sabe que é assim que começa? Hoje é uma maçã, amanhã uma maçã e uma bolacha, depois uma maçã e uma bolacha e um bolo, e daqui a pouco estarei gorda como um balão. Não posso arriscar. Nada de comer.

Não posso.

Para Ana, com Amor   225

Não quero.

Não vou.

Mas essa fome…

Um chá. Posso tomar um chá.

Me levanto devagar e vou até a cozinha. Pego a chaleira de três toneladas, encho com mais vinte quilos de água e a ponho para esquentar. Vou até o armário onde mamãe guarda os chás, logo ali, atrás do pote de bolachas água e sal.

Talvez uma bolacha. Duas, no máximo.

Pego o pote e o pacotinho de chá. Tiro a tampa e provo uma enquanto pego uma caneca. Só mais uma. Mais uma bolacha e o chá. Isso é tudo.

Comer dói ainda mais, mas essa é uma dor diferente. Como aquela dor de alívio que a gente sente quando coloca um curativo em um machucado. Quase sem querer, pego mais uma bolacha. É a última. Prometo.

A água demora a esquentar. Pego só mais uma bolacha. Uma só.

E mais uma. E mais uma.

Deus, estou com tanta fome. As bolachas não estão resolvendo o meu problema. Preciso de mais. Mas não posso. Não devo. Não quero.

Ouço a chaleira apitar, mas estou preocupada fazendo contas. A última coisa que comi foram alguns pedaços de mamão no café da manhã de ontem. Tomei bastante água, mais os diuréticos, o que deve ter me ajudado a eliminar talvez metade das calorias. Fui e voltei sozinha da faculdade, o que gastou mais algumas calorias. Fora as horas de jejum.

Uma refeição. Só uma. Eu posso fazer isso. Mereço isso. Não vou engordar. Vai dar tudo certo.

Abro a geladeira. Minha mãe não deixou meu almoço separado, como costuma fazer. Acho que se esqueceu de mim — mais uma entre tantas pessoas a fazerem o mesmo. Mas encontro queijo e peito de peru e macarrão velho e frango desfiado e requeijão.

Não penso.

Pego.

Tudo.

Pico um pedaço de queijo e uma fatia de peito de peru e jogo no macarrão. Junto com o frango e uma colher de requeijão. Requento. Pego um garfo e como direto do pote. Cada mordida é o paraíso. Cada vez que engulo, a perdição.

É tão bom que é ruim. Tão intenso que não sinto.

Volto para a sala. Mastigo, mastigo, mastigo. Não penso. Não quero pensar. Só como. Garfo, boca, mastiga, engole. Garfo, boca, mastiga, engole. Uma, duas, dez vezes. Meu estômago não dói mais, mas minha garganta reclama, como sempre faz quando como rápido demais. Não ligo. Garfo, boca, mastiga, engole.

Meu celular vibra. Apoio o pote no colo e destravo a tela. É uma mensagem de Kátia. Abro.

Ela me mandou uma foto dela, de calça e sutiã, em frente ao espelho do seu quarto. A barriga está reta, funda. Posso ver seus ossos da costela começando a despontar. Ela está magérrima. Linda. Uma deusa. E escreveu:

Kátia: *Já se foram dez!*

(já ganhei mais cem)

Kátia: *Sei que ainda falta muito,*

(não tanto quanto para mim)

Kátia: *mas só consegui por sua causa!*

(por minha causa? Mal consigo ajudar a mim mesma)

Kátia: *Obrigada, Duda!*

Lágrimas me vêm aos olhos, mas não pela gratidão. Olho para mim mesma. Olho para a foto. Olho para a comida.

Nunca vou conseguir ser magra. Não importa o quanto eu tente. Nunca vou conseguir ser perfeita ou amada como a Kátia, nem cercada de amigos como a Priscila, nem despreocupada como a Drica, nem nada como ninguém. Não importa o que eu faça, não importa o quanto eu tente

tente

tente

e siga tentando

nunca

vou

conseguir.

Estou desmoronando. Estou me partindo em milhares de pedaços até virar poeira. Tudo em mim é defeituoso. Passei a vida toda tentando compensar pelos meus defeitos, mas não importa, não é? Eu só cresço, incho, aumento, e meus erros crescem comigo, multiplicando, incansáveis, imparáveis, me transformando nesse monstro de proporções magnânimas que consegue se estragar mais a cada segundo.

O que foi que eu fiz?

Capítulo 78

Não devia ter comido, não devia ter comido, não devia ter comido.

Sou fraca. Sou errada. Sou burra. Sou gorda. Não mereço nenhum esforço que fiz até agora. Me rendi ao pior dos truques, cedi à mais vil das tentações, me entreguei de bandeja.

Porca, gorda, roliça, obesa, elefante, baleia, fracassada.

Quero responder a Kátia, mas não consigo. Quero pedir ajuda, mas não tenho coragem — o que ela vai achar se souber que cedi? Como vou conseguir encará-la agora, encarar a mim mesma?

Vou para a cozinha. Jogo o que restou da comida no lixo, mas é pouco e não faz diferença. Comi. Muito. Perdi. Sou um fracasso. Uma decepção. As lágrimas vêm, mas repito a mim mesma que chorar agora não vai resolver.

Você fez isso porque quis, Duda. Trouxe isso para si mesma. Bem feito. É sua culpa.

SUA CULPA SUA CULPA.

Corro para o banheiro, o desespero já formando um bolo na minha garganta. É tão forte que não preciso nem atingir o fundo da boca antes que comece a sair. As ondas são fortes, amargas, ácidas, e saem de mim aos montes, mas não adianta. Não me sinto limpa. Não faz com que eu me sinta melhor. Ainda tem mais, muito mais.

Quando sinto que está parando, sei que não foi o suficiente. Tem mais, eu sei que tem. Estou sentindo. Está ali, mas não quer sair. Meu corpo está me punindo por ter sido infiel a ele. Mas vai sair. Tem que sair.

Abro a gaveta do banheiro e pego minha escova de dentes. Uso o cabo para ir mais fundo. A garganta dói, o corpo responde. Choro e não contenho um grito. Sai de mim tão forte que tusso e engasgo, mas continuo colocando para fora. Quando para, repito o processo. Tem mais, estou sentindo. Não vou parar até sair tudo.

Quero ser limpa. Quero ser pura. Quero ser magra.

Minha boca tem gosto de cobre. Cuspo. O vaso está aos poucos se tingindo de vermelho. O cabo da escova está sangrando. Minhas mãos estão sangrando.

Posso sangrar para sempre e, ainda assim, não vou ficar limpa de novo.

Capítulo 79

Ouço mamãe chegar. Ainda estou no banheiro, sentada no chão, as mãos com sangue seco. Está cedo para ela já estar em casa — ou talvez eu esteja aqui há muito mais tempo do que me dei conta. Não sei dizer.

— Duda? — Eu a ouço chamar, mas não me mexo. Não ligo mais. Não faz diferença. Eu perdi. — Duda? — repete ela, mais perto agora. Deve ter visto a luz do banheiro acesa. Não me movo. Espero. Ela vai me encontrar uma hora.

Seu corpo forma uma sombra sobre mim quando ela chega. Continuo parada, encolhida contra a parede, mãos nos joelhos, encarando um ponto fixo acima do vaso, ainda cheio de vômito e sangue. A escova de dentes está no chão ao meu lado. Vejo mamãe se abaixar e pegá-la.

Ela tenta falar várias vezes, mas não consegue. Nem preciso olhar para saber que está chorando — o som se tornou familiar demais nos últimos tempos. Podemos ter passado horas ali, em silêncio, cada uma chorando por seus próprios pecados, antes de ela enfim conseguir dizer alguma coisa — como sempre, a coisa errada.

— Eu achei que você estava melhorando.

Eu dou risada. Uma risada amarga, maníaca, misturada a soluços e choro. Eu também, mamãe. Eu também achei que estava melhorando. Mas a quem tentei enganar? Nunca fui forte o suficiente, nunca fui boa o bastante. Eu nunca estive nem remotamente perto de vencer, estive?

— Você não gosta do terapeuta, é isso? Ele não está te ajudando? — insiste mamãe, a mão pesada sobre meu ombro. Não me viro.

— Você não entende — murmuro, e passo a mão pelo rosto. Sinto cheiro de sangue.

— Me diz qual é o problema! Me diz como te ajudar! — suplica, me balançando.

— EU NÃO PRECISO DE AJUDA! — explodo, e ela tira as mãos de mim como se tivesse tomado um choque. Mamãe me olha como se não me reconhecesse, e então seu rosto se transforma numa máscara de fúria.

— PRECISA, SIM! — grita de volta. — Eu não vou deixar a minha filha se matar!

— POIS EU PREFIRO MORRER! PREFIRO MORRER DO QUE SER GORDA.

Estou de pé, sem nem saber como, o mundo rodopiando diante de mim. Respiro rápido, fundo. Falar para mim mesma era uma coisa, agulhadas sutis da verdade se fazendo presente; falar para Priscila tinha sido diferente, cortes mais profundos na pele sensível que me separa da realidade. Mas isso… As palavras me assustam. Não sei se elas são reais, mas as disse mesmo assim. Não quero morrer. Mas não quero viver como sou.

Estou perdida.

O silêncio parece tátil, quebradiço. Milhares de agulhas afiadas entre nós, cortando o ar, a pele, as palavras. Ainda posso ouvir o eco da minha voz entre os azulejos do banheiro.

Prefiro morrer.

Prefiro morrer.

Prefiro?

— Isso é tudo o que eu tenho! — falo, mais baixo agora, as lágrimas se esvaindo de mim como o sangue saindo da minha boca. — É o único controle que me resta! Meu pai não me quis, o Enzo não me quis, meus amigos não me querem e *você* não me quer do jeito que eu sou. Pra todo mundo, eu estou maluca! Bom, adivinha? Estou maluca mesmo. Mas não por isso. Isso é a única coisa que me mantém inteira!

Estou soluçando. Olho para mamãe, agora também de pé, e me vejo nela — nas rugas que se formam enquanto choramos, na maneira como o peito dela sobe e desce durante cada soluço, no corpo enorme.

— Eu não aguento mais — digo, num choro longo, rouco. — Eu não aguento mais fingir pra você, pra terapia, pra todo mundo. Você quer que eu seja uma Menina Saudável, mas nunca vou ser. Eu não sei como. Tudo o que eu vejo quando me olho no espelho é destruição. É ódio. É…

— Filha…

— Eu não consigo mais, mãe — murmuro. — Eu não consigo mais.

Mamãe se aproxima e me envolve em seus braços. Quero gritar, mas não consigo. Então choro. Só choro.

— Vai ficar tudo bem — murmura em meu ouvido.

— Me ajuda — peço.

E, pela primeira vez, estou sendo sincera.

Capítulo 80

Mamãe me põe para dormir como se eu tivesse oito anos de novo. São seis da tarde, mas estou exausta. Ela me ajuda a me trocar e fica comigo até achar que adormeci, e então sai de mansinho para não me acordar, como fiz com ela hoje de manhã.

Ela não disse nada enquanto me abraçava. Não disse nada quando me observou tirar a roupa, embora eu pudesse ver como me olhava pelo espelho. Não era repulsa. Não era ódio. Era só…

Pena.

Minha mãe tem pena de mim.

Eu mereço, acho. Olha o meu estado agora. Sou um desastre tão grande que não sirvo para nada — não sou boa o bastante para ser Saudável, não sou determinada o suficiente para ser Forte e não sou honesta como uma filha deveria ser. E agora, apesar do cansaço, também não consigo dormir.

As paredes do apartamento são finas, e ouço mamãe ao telefone. Não consigo distinguir muito bem, mas entendo as palavras "pior", "vômito" e "sangue" mais de uma vez. Deve

Para Ana, com Amor   235

estar falando com alguém do time de engordadores. Não consigo nem entender o que estou sentindo.

Me reviro na cama, inquieta. Colocar as verdades para fora ajudou, mas estou longe de me sentir mais calma. Não sei o que há de errado comigo. Sei que nada está certo, mas não consigo apontar o erro. Nem sei se quero enxergá-lo.

Por fim, a falação de mamãe ao telefone cessa e o silêncio ajuda a acalmar a turbulência dos meus pensamentos. Esse dia foi infinito. Fecho os olhos e tento dormir.

Capítulo 81
DIA 90

Quando acordo, no dia seguinte, mamãe já está em casa. Não apenas em casa, como está acordada, me esperando na cozinha.

Ando lentamente até ela. Minha boca ainda tem gosto de cobre, apesar de eu já ter escovado os dentes. Toda a região da minha garganta dói. Mas, além disso, estou com vergonha. De mim. De encará-la. De tudo.

Abaixo a cabeça e me sento.

— Como está a sua garganta? — pergunta, finalmente.

— Dolorida — sussurro.

— Duda… — diz mamãe, e eu a olho pela primeira vez. Ela está um caco. Tem pelo menos quatro dedos de raiz grisalha em seu cabelo, o que a deixa com uma aparência infinitamente mais velha do que seus menos de quarenta anos. Sua maquiagem de ontem está borrada, as bolsas debaixo dos olhos, fundas e pretas. Tudo por culpa minha. Tudo sempre por culpa minha.

— Desculpa — digo, e preciso me controlar muito pra não começar a chorar de novo. — Eu não consigo.

— Não consegue ou não quer? — insiste, e eu balanço a cabeça. *Você não entende*, quero dizer, mas é inútil. Todas as coisas que eu falei para ela foram em vão.

Ficamos em silêncio, imóveis, por quase um minuto inteiro. Volto a encarar o chão, que é mais seguro.

— Conversei com a sua médica ontem — começa mamãe, falando devagar, como se estivesse testando minha reação. — Ela me passou uma guia de emergência, e vamos hoje fazer uma endoscopia. Por causa do sangue.

— Certo — murmuro. Não é opcional. Sei disso.

— E ela também me recomendou que você saísse da terapia — completa, e isso, sim, me chama a atenção. Ergo a cabeça. — Quero dizer, você vai trocar de terapeuta. Para algum que você goste agora.

Não respondo. Não ter que ir mais ao consultório sem graça daquele terapeuta velho é, sim, uma alegria, mas não tão grande se significa que terei que trocar seis por meia dúzia. Estou prestes a dizer que não quero terapia quando mamãe continua:

— Também vamos procurar um psiquiatra.

— O quê? — A pergunta soa mais como um grito esganiçado. Me imagino entrando em um consultório horroroso com um divã cafona e saindo de lá com receitas de remédios que vão me deixar catatônica e me inchar como um balão. *Não.* Não, não, não — Mãe, eu não preciso…

— Ana Eduarda, isso não está aberto a discussão. — Ela põe as mãos sobre a mesa, limpando uma sujeira invisível da toalha. — Eu sei que você não quer nada disso. Sei que você acha que eu não entendo. Mas você também não entende, Duda. Não entende que eu não posso desistir de você.

— Não quero que você desista de mim — digo, e minha garganta dói com o esforço. — Mas eu...

— Não precisa de ajuda? — completa, balançando a cabeça. — Vamos fazer o seguinte, Duda? Não encare isso como ajuda. Encare como um acordo nosso. Você encontra um terapeuta novo que te agrade, vai nas consultas direitinho, e eu saio do seu pé.

Arqueio uma sobrancelha. Parece uma barganha simples; talvez justamente por isso eu saiba que não é verdadeira. Ela jamais me deixaria em paz com uma proposta tão simples. Mas também sei que mamãe vai arrumar um jeito de me forçar a fazer o que ela quer. Estou de mãos atadas.

Por fim, assinto. Mamãe repete o gesto. Temos um acordo.

Capítulo 82
DIA 91

Não consigo dormir.

De olhos abertos, encaro o teto do quarto no escuro. Tento me concentrar no barulho dos carros lá fora e não no escândalo que meu coração faz quando bate. Tento prestar atenção na dança das sombras no teto e não em como meu estômago está revirado. Tento pensar em tudo, menos nas últimas vinte e quatro horas.

Me sinto vazia, mas não vazia como deveria estar: vazia de mim mesma. Se me colocassem agora mesmo naquela mesa fria do laboratório de anatomia e tentassem me abrir com um bisturi, eu poderia murchar. Não tem mais nada meu dentro mim. Desisti de tudo.

Quem sou eu agora?

Pego o telefone e abro o aplicativo de mensagens. Kátia e Priscila estão em primeiro lugar na lista de contatos, fixadas no topo. Uma era o reflexo do meu eu do passado; a outra, o espelho do meu presente; neste momento, sinto que não pertenço a nenhum lugar do espaço-tempo junto a elas ou a ninguém,

Estou à deriva.

Quero falar com Kátia e pedir a ela que não me deixe desistir.

Quero falar com Priscila e pedir desculpas pelas coisas que falei.

Não digo nada. Não falo com ninguém. Não existo.

Como sempre, estou sozinha.

Capítulo 83
DIA 92

Volto grogue da endoscopia e durmo praticamente o dia todo. Nos poucos momentos em que estou acordada, ouço mamãe sempre ao telefone, e não sei se ela está em uma ligação infinita ou se são apenas várias ligações para pessoas diferentes. Eu me pergunto com quem ela fala. Eu me pergunto se é sobre mim.

Na segunda, mamãe não vai trabalhar e me leva ao médico logo de manhã. Somos atendidas quase que de imediato ao chegarmos. Há uma camada de tensão no ar quando entramos no consultório, tão densa que parece abafar meus ouvidos e embaçar minha visão. A médica, que costuma sorrir de maneira encorajadora, hoje está com uma carranca fechada e uma ruga de preocupação entre os olhos.

Sentamos, e mamãe dá a ela o envelope dos exames. Me pergunto se o fato de termos conseguido os resultados tão rápido é um sinal bom ou ruim. Logo me convenço da segunda opção — a testa da doutora se enruga mais e mais, e, quando me olha, mesmo tentando disfarçar, sei que estou em apuros.

— Duda, Duda. O que vamos fazer com você? — diz, a ninguém em especial, e baixo o olhar.

— Quão grave é? — pergunta minha mãe, se ajeitando na cadeira, tentando espiar os papéis sobre a mesa mesmo que não entenda nada do que está escrito ali.

— É grave. — A médica suspira e baixa os exames, cruzando as mãos sobre a mesa — A Duda teve um sangramento no esôfago. Isso aconteceu basicamente pelo excesso de ácido gástrico.

Ela se detém antes de continuar a explicação e então pega um papel em branco na impressora. Nele, ela desenha uma espécie de balão com um canudo saindo da parte superior.

— Imagine que este é o seu estômago e este é o seu esôfago. — Ela aponta o balão e o canudo, consecutivamente. — Durante a digestão, seu estômago produz suco gástrico pra ajudar na quebra do alimento. Ele é ácido, mas seu estômago está preparado pra se proteger dele. Seu esôfago, não. — Ela me olha para saber se estou acompanhando e aceno com a cabeça. — Toda vez que você vomita, esse ácido sobe pelo seu esôfago e desgasta as paredes. Quanto mais você faz isso, mais sensíveis elas ficam. Por isso o sangramento. Em casos mais graves, o esôfago pode se abrir e causar uma hemorragia digestiva grave.

Ela não completa a frase, mas meu cérebro faz o trabalho por ela. *Você pode morrer.*

Não era isso o que eu queria? Não foi o que eu disse para a minha mãe — que eu preferia morrer a ser gorda?

De repente, a ideia não me parece mais tão convidativa.

— Você teve muita sorte, Duda — continua a médica, afastando o desenho. — O desgaste já é considerável, mas ainda não é uma questão de intervenção cirúrgica ou nada do tipo. Espero que você compreenda a gravidade da situação. Se não tomarmos uma atitude *agora*, não sei por mais quanto tempo você vai aguentar.

Engulo em seco, tentando não deixar transparecer o medo que me toma. A médica passa a falar sobre o tratamento e sobre a série de medidas que deve ser tomada de agora em diante, mas não estou mais escutando.

Não sei por mais quanto tempo você vai aguentar.

A verdade é que eu também não.

Capítulo 84
DIA 93

Kátia não retorna nenhuma das minhas ligações ou mensagens. Quero falar com ela, mas não sei o que exatamente gostaria de dizer. Faltam palavras. Não posso ser honesta sem temer que ela me rejeite, mas não posso mentir descaradamente. Não mais.

É terça, mas não tenho mais terapia — pelo menos até arranjarmos um novo psicólogo —, e sigo da faculdade direto para casa. Mamãe está em casa quando chego. Eu a encontro na cozinha, esquentando o almoço. Minha garganta dói como nunca, assim como meu estômago. ~~Quero comer.~~ Não quero comer. ~~Quero comer.~~ Não quero comer. ~~Quero comer.~~ Não quero comer. ~~Quero comer.~~ Não quero comer. ~~Quero comer.~~ Não quero comer. ~~Quero comer.~~ Não quero comer. Minha sina.

Deixo minha bolsa na sala e volto para a cozinha, pois sei que não tem mais jeito. O almoço está servido (carne assada, arroz, feijão, cenoura ralada) e mamãe está pegando os talheres.

Ela não me diz nada quando nos sentamos para comer. Noto que ainda está com a roupa do trabalho e me pergunto se veio só para o almoço ou se vai me vigiar a tarde inteira. Não pergunto. Nem ao menos sei qual resposta gostaria de ouvir agora.

— O que você estava fazendo com a comida? — pergunta mamãe, de repente, os olhos lendo meu rosto atentamente.

Não consigo sustentar seu olhar por mais de alguns segundos. Remexo a comida no prato em silêncio.

— Você não estava comendo. Eu sei disso — continua calmamente e dá uma risada baixa, desprovida de qualquer humor. — Não sei como me enganei por tanto tempo achando que estava. Só quero saber o que você tem feito com a comida.

— Jogava fora — murmuro, e dou de ombros, ainda sem levantar o olhar.

Mamãe não responde e seguimos em silêncio. Ela termina de comer depressa, mas faz hora arrumando a cozinha até ver que ingeri uma quantidade satisfatória de comida, apesar de estar longe de limpar o prato. Joga o resto no lixo e deixa a louça acumulada na pia.

— Vou descansar um pouco. Esteja pronta pra sair por volta das duas e meia — diz, já a meio caminho do quarto.

— Sair? — pergunto, confusa.

— Psiquiatra. Consegui um encaixe.

Ela se vai sem me dar espaço para discutir. Não sei nem como discutiria se tivesse abertura. Estou cansada demais para brigar. A essa altura, já não tenho certeza se valho a pena.

Estou sozinha, mas não me sinto livre. Me sinto aprisionada. Em mim.

Capítulo 85

A consulta no psiquiatra é, ao mesmo tempo, melhor e pior do que eu esperava.

Estava esperando um consultório arrumado, cheio de livros e diplomas na parede, com algum médico cheirando a formol, mas encontro uma sala genérica de uma policlínica com uma médica talvez um pouco mais velha que minha mãe, com cabelos cacheados de um tom muito escuro de castanho e óculos enormes de armação transparente. Ela é... simpática.

— Então... Ana Eduarda. Você prefere Ana ou Eduarda? — pergunta, lendo meu nome no prontuário.

— Tanto faz — murmuro, porque já não faz mais diferença. Não me sinto Ana nem Duda, nem Menina Saudável, nem Garota Forte. Sou só uma casca.

A médica não desiste de sorrir.

— Certo, Ana. Como podemos te ajudar?

Eu a encaro, muda.

Não sei como proceder. Não queria estar aqui. No fundo, sei o que se espera de mim. Querem que eu diga, que eu repita, que eu peça ajuda, que eu admita. Não vou. Não posso. Não consigo.

— Tudo bem... — diz a médica, por fim. — Então vamos fazer o seguinte? Vou te fazer algumas perguntas e você me responde sinceramente, ok?

Parece um bom negócio. Concordo.

Ela então inicia um questionário infinito de perguntas sobre meu estado mental. Questiona se tenho mudanças drásticas de humor, se me sinto muito triste, se tenho problemas para lidar com ansiedade. Eu me encolho quando a médica pergunta se já tive pensamentos suicidas e sou sincera dizendo que sim, então desvio o olhar para conter as lágrimas enquanto respondo mais e mais questões sobre meus comportamentos, meus jejuns, meus pensamentos, meus expurgos.

Em meia hora, falo mais do que falei nos últimos meses de terapia. De alguma forma, é fácil aqui, mais simples. Um formulário. Ela não pergunta como me sinto em relação a isso, ou por que faço o que faço: é apenas uma lista de caixinhas a preencher para que ela me coloque em outra caixinha e possa então me dizer os próximos passos.

— Você está fazendo terapia, Ana? — pergunta, por fim.

— Estava, mas parei. Não deu muito certo com o psicólogo anterior.

— Certo — responde a médica, e continua: —, sempre gosto de frisar pros meus pacientes que psiquiatria não é fábrica de milagres. Eu não estou aqui pra passar uma receita que vai resolver todos os seus problemas com algum remédio. Especialmente num caso como o seu, Ana, que envolve muitos aspectos da sua saúde física e psicológica, você precisa de acompanhamento de todos os lados.

Assinto, mas nem sei direito com o que estou concordando. A médica, por fim, passa à medicação e discorre sobre efeitos colaterais e adaptação e mais vários termos técnicos que me esforço para entender. Quando saio do consultório, sinto que deixei o nada que me restava sentado naquela cadeira. Antes, era casca; agora, sou só um fantasma, completamente desconectada de mim.

Capítulo 86
DIA 94

Minha mãe me deixa na faculdade na manhã seguinte como um voto de confiança. Mal sabe ela que o quebro assim chego, depois de andar por todo o campus e não encontrar nem Kátia nem Rodrigo ou conseguir falar com ela pelo celular.

Me esquivo da aula e vou para o ponto de ônibus. Isso é mais urgente.

Paro na frente do prédio de Kátia, olhos no interfone, na dúvida entre apertar ou não a campainha. Ela pode não estar em casa. Pode não querer me ver. Rodrigo pode estar lá. Não tenho como saber, já que ela desapareceu nos últimos dias.

Meu estômago está revirado, e não sei se é de nervoso ou simplesmente porque toda a comida do café da manhã ainda está ali. Não aguento mais comer, mas não consigo ficar *sem* comer. Cheguei a me debruçar sobre o vaso sanitário várias vezes nesses últimos dias, mas, no fim das contas, não consegui vomitar. Disse a mim mesma que era porque minha garganta ainda estava muito dolorida, mas isso nunca me impediu antes. Eu sei a verdade — estou amolecendo.

As palavras da médica ainda ecoam na minha cabeça, como se ela estivesse do meu lado repetindo-as o tempo todo.

E é por isso que estou aqui. Temos um pacto, Kátia e eu. Uma salvando a outra da tentação. Eu preciso falar com alguém que me *entenda*.

Toco o interfone e espero. Nada. Toco mais uma vez, e então outra. Penso em desistir, quando ela finalmente atende.

— Quem é? — diz Kátia. Sua voz está estranha, não sei se pela estática do interfone ou algo mais.

— É a Duda — respondo, e mordo a boca com força. *Por favor, me deixe entrar*, penso, duvidando por um minuto que ela vá querer me ver.

— Graças a Deus — diz, finalmente, e destranca o portão.

Entro e subo as escadas. Quando chego ao andar de Kátia, ela já está com a porta aberta, me esperando.

Não, não é isso, percebo ao me aproximar. Kátia não está me esperando. Ela está escorada na porta, as pernas mal suportando seu peso e escorregando para o chão. Seus olhos estão caídos, e o cabelo perfeito está um emaranhado de fios e nós. Ela está usando um pijama com calça e mangas compridas que a abraça como um saco grande demais para um presente muito pequeno.

Kátia está *horrível*.

—Ainda bem que você veio! — exclama, de maneira histérica, e praticamente se joga para cima de mim, que cambaleio.

— O que aconteceu? — Eu a abraço. Meus braços a contornam perfeitamente, de tão magra que ela está. Eu a invejo.

— O Rodrigo pegou meu telefone. — Kátia me solta, mas mantém as mãos sobre meus ombros para não perder o equilíbrio. — Ele viu as nossas mensagens, Duda. Disse que eu estou doente.

Para Ana, com Amor   251

A história se repete. Como Enzo me abandonou, Rodrigo também abandona Kátia, incapazes de aguentar a pressão de uma namorada que quer ser perfeita. Abro a boca para apresentar algum tipo de condolência, mas ela segue falando.

— Ele tem vindo pra cá todo dia — continua Kátia, e me coloca para dentro, fechando a porta atrás de nós. — Está me obrigando a comer, briga comigo quando vomito. Não sei o que fazer!

Claro que ele está lá por ela. Claro que ele não iria abandoná-la. Ele não é Enzo, e Kátia não sou eu. Ela nunca vai saber o que é se sentir verdadeiramente sozinha.

Kátia me solta e se escora nas paredes até chegar à cozinha. Há rastros de Rodrigo em todos os lugares — nas panelas no fogão, na louça suja na pia, na camisa sobre o encosto da cadeira. Ela se senta e põe as mãos na cabeça.

— Onde ele está agora? — pergunto, e me sento ao lado dela.

— Teve que resolver uma coisa na faculdade. — Kátia funga e solta algo parecido com uma risada, mas sem qualquer vestígio de humor. — Ele disse que eu preciso voltar a comer que nem gente.

Já ouvi essa conversa antes. De Enzo, de mamãe, dos engordadores, do terapeuta. Não com essas palavras, mas sempre o mesmo discurso: coma e tudo vai melhorar. Coma e você vai ser uma Menina Saudável. Coma e todos vamos te amar de novo.

Kátia me assusta soltando um gemido baixo e rapidamente abraçando o próprio tronco. Ela afasta a cadeira da mesa.

— Preciso ir ao banheiro — diz, e tenta se levantar.

E então desaba.

Não é em câmera lenta, como nos filmes. Não é gradual, como nas novelas. Com a mesma rapidez com que se ergueu,

Kátia cai no chão, desmontando como uma boneca de pano. Ela bate com um baque surdo no chão bem aos meus pés e eu não sei o que fazer.

— Kátia! — Me abaixo ao lado dela e a viro de costas. — Kátia, acorda!

Foi assim, me pergunto, quando caí no banheiro da escola e Priscila me socorreu? Era assim que eu me parecia? Uma pilha de ossos largada no chão, pálida e moribunda? Será que Priscila, assim como eu, sentiu o coração acelerar, as mãos tremerem e foi tomada pela completa incapacidade de agir por causa do pânico?

Ninguém me preparou para isso. Quero ligar para a minha mãe, porque é para onde eu corro quando tenho um problema, mas ela está longe e não pode ajudar. Penso em chamar Rodrigo, mas não tenho o número dele e o celular de Kátia não está em nenhum lugar ao meu alcance. Posso gritar por ajuda, chamar os vizinhos, mas não sei se vão me ouvir. Tento levantá-la, mas mesmo com todo o meu tamanho, o peso dela faz meu corpo vacilar.

Não sei o que fazer. Não sei como ajudar. Estou de mãos atadas.

Bato em suas bochechas e chamo seu nome repetidas vezes, mas os olhos de Kátia seguem fechados e ela não responde. Quando me aproximo do rosto dela, não consigo sentir sua respiração.

Eu a solto como se tivesse levado um choque.

Kátia está morrendo.

Pego o celular e faço a única coisa que consigo. Seguindo um instinto cego e, lutando contra as lágrimas, disco 192.

Capítulo 87

Rodrigo volta quando os paramédicos estão colocando Kátia na ambulância. Ele está andando calmamente na direção do prédio, mas dispara a correr quando nos vê.

— Kátia? — grita, e então se vira para mim. — O que aconteceu?

— Não sei — digo, as lágrimas rolando descontroladamente. Com uma expressão insana, Rodrigo abre a porta do prédio e joga as sacolas lá dentro sem cerimônia, indo em direção à ambulância. Faço o mesmo.

— Algum de vocês é da família dela? — pergunta um dos paramédicos, olhando de mim para ele.

— Eu sou — Rodrigo mente, e o paramédico faz sinal para que ele entre na ambulância.

— Eu posso... — começo a dizer, mas sou interrompida.

— Não. Depois ele te dá notícias — diz o paramédico, e entra, fechando as portas traseiras. Corro para a frente do carro.

— Me dê notícias assim que puder — peço a Rodrigo, mas ele não responde. Ele não me olha. Apenas encara o vazio, como se não pudesse me escutar.

A ambulância se vai e eu fico, a cena horrível ainda se repetindo infinitamente na minha cabeça.

Kátia no chão, imóvel.

Os paramédicos chegando e se debruçando sobre ela. Ela não respira.

Reanimação é uma coisa muito mais brutal vista ao vivo. Muito menos emocionante do que na tv. Corpos tremem, e cada segundo dura uma vida inteira.

E é durante esses segundos que me dou conta.

Podia

ser

eu.

Capítulo 88

Eu fiz isso.

Eu a adoeci. Eu a incentivei. Eu a fiz acreditar que não havia nada de errado, que era belo, que era certo, que era o único caminho possível. Eu a ensinei.

A única amiga que me entendia. A única que não foi embora. A única que me viu de verdade.

E todo esse tempo

eu

estive

matando

nós duas.

Capítulo 89

Recebo uma mensagem de um número desconhecido durante a madrugada com o nome de um hospital. Nenhum "bom dia", nenhuma despedida, nada — só o lugar. Como não consigo dormir, fico acordada e tomo café com mamãe, e, quando ela me leva para a faculdade, espero o carro sumir na avenida para seguir meu próprio caminho.

Quando chego lá, dou de cara com Rodrigo na sala de espera. Ele está com uma expressão fechada, mexendo no celular, mas ergue o rosto quando me aproximo, como se sentisse minha presença. Tento sorrir, sem saber ao certo por que, mas desisto quando nossos olhares se encontram.

Ele parece furioso.

Paro diante dele, que guarda o celular no bolso com movimentos lentos e deliberados. Por um tempo que me parece infinito, ninguém fala nada. Então Rodrigo diz:

— Estava te esperando.

Aceno com a cabeça por não saber o que dizer.

— Vamos conversar — convida.

Para Ana, com Amor

Saímos juntos do hospital, indo até o outro lado da rua. Rodrigo está muito calado. Ele olha para os próprios pés enquanto caminha, o que me lembra um touro se preparando para atacar.

— Como a Kátia está? — pergunto, apertando minhas mãos uma na outra de nervoso. Estou com medo de qualquer que seja a resposta.

— Nada bem. — Rodrigo encara o chão tão intensamente que parece querer destruí-lo. Então respira fundo, fecha os olhos. — A Kátia está doente. Mas acho que você já sabe disso.

— O quê? — falo, a voz fraca. Meu coração acelera.

— Quero dizer, é óbvio que você sabe, não é? — Ele tira um papel do bolso da calça, desdobra e o joga para cima de mim. A folha cai antes que eu consiga reagir. — Afinal, foi você quem arrastou ela pra isso.

Trêmula, olho para o papel que ele me deu. Reconheço os Dez Mandamentos que Kátia fez e transformou em pôster para guardar no quarto. Sei de cor cada item.

— Eu sabia. No fundo, eu desconfiava — continua Rodrigo; eu ainda encaro o pôster, sem palavras. — A Kátia sempre teve questões com o peso, sempre foi de fazer loucuras pra ficar magra, mas não desse jeito. Ela não era *obcecada*. Não antes de conhecer você.

Fico em silêncio. Meu cérebro não consegue processar a informação. Lágrimas começam a se formar no canto dos meus olhos.

— Fui até a casa da Kátia no sábado, mas ela não abria a porta. Eu sabia que ela estava lá dentro, mas ela *não abria a porta* — continua Rodrigo, e, de canto de olho, eu o vejo cobrir o rosto com as mãos. — Tive que arrombar e, quando consegui, ela estava desmaiada no quarto e eu não conseguia acordá-la. Precisei levá-la ao hospital, e eles me disseram que ela estava severamente desnutrida. Possivelmente sem comer há dias.

Ele pega a folha dos mandamentos da minha mão e a chacoalha na frente do meu rosto.

— Resolvi passar uns dias com ela pra tentar ajudá-la a se recuperar, e foi quando encontrei isso — diz, quase gritando, e percebo que está se controlando muito para não fazer um escândalo ainda maior. — E então li as mensagens que vocês mandavam uma pra outra, os remédios. Meu Deus, Duda, o que vocês estavam pensando?

— Eu não… — Tento falar, mas ele me interrompe.

— *Você não* o quê? — Ele amassa o papel na mão. Rodrigo fala tão alto que as pessoas em volta começam a comentar. — Não achou que era perigoso arrastar a minha namorada pra isso? Ou não achou que eu fosse descobrir?

— Eu nunca quis que ela se machucasse!

Rodrigo arranca o papel dos Dez Mandamentos das minhas mãos.

— "Não desistir da sua dieta" — começa a ler, e sinto meu rosto ruborizar ao mesmo tempo em que as lágrimas caem. — "Não comer. Quando comer, punir-se da maneira necessária."

Quero pedir a ele que pare, mas só consigo chorar. Já reunimos uma pequena plateia que desistiu de fingir indiferença e parou para observar.

— "Cobiçar o corpo perfeito" — continua. — "Lembrar que você não tem real valor se não for magra. Ser magra e continuar magra, custe o que custar."

Rodrigo baixa o papel, respirando fundo. Ele me encara por alguns segundos, e sua expressão muda. De repente, ele não parece mais furioso. Não, é infinitamente pior.

Ele me olha com *pena*.

— Eu sei que você não consegue enxergar. Do mesmo jeito que a Kátia não consegue — diz, soando exausto. Ele parece murchar diante dos meus olhos. — Vou fazer o que for preciso pra manter a Kátia longe de você e dessa coisa toda até ela conseguir se curar. E eu espero que você também se cure, Duda. Só que eu não posso te afastar de você mesma.

— Eu não queria... — murmuro, inutilmente.

Rodrigo passa a mão pelos cabelos e suspira.

— Os pais da Kátia estão vindo pra cá e vão levar ela de volta pra casa, então não adianta ligar. Mesmo assim, espero que você não tente. E espero que você entenda que ela precisa de ajuda agora, antes que acabe...

— Antes que acabe como eu? — completo, e sinto um nó se formando na minha garganta. Limpo o rosto com as costas da mão, mas mais e mais lágrimas continuam caindo.

— É. — Ele me olha de cima abaixo e depois me dá as costas, voltando para dentro do hospital. Olho em volta e vejo as pessoas começando a se dispersar. Resolvo fazer o mesmo.

Não tem mais nada aqui para mim. Volto por onde vim e pego o metrô para casa.

Capítulo 90

Não consigo dormir.

Podem ser os remédios que a psiquiatra passou que estão me deixando enjoada, com dor de cabeça e com ciclos de sono esquisitos. Podem ser os gritos de Rodrigo ecoando na minha mente. Pode ser a imagem de Kátia caindo no chão que aparece toda vez que fecho os olhos.

Já passa da meia-noite quando pego o telefone. Kátia me bloqueou — ou melhor, Rodrigo me bloqueou por ela. Quero mais do que tudo ter notícias, mas não sei onde procurar. Rodrigo não vai me responder, e a conta de Kátia no Instagram não tem atividade há dias. Estou no escuro.

Abro as mensagens com Priscila. Sua última mensagem ainda é aquela em que avisou que estava na frente do meu prédio, me esperando para entregar meu casaco. Lembrar daquele dia me dá calafrios. Queria voltar atrás e dizer coisas diferentes. Fazer tudo diferente.

Seguro o telefone contra o peito e soluço, pensando no que fiz com Kátia, no que fiz comigo, em como destruí todas as minhas amizades. Penso se é possível sair desse buraco em que me meti. Todo esse tempo me sentia suja, e não me dei conta de que estava influenciando outras pessoas. Destruí a saúde de Kátia, a vida dela. Nunca vou poder devolver a ela o que tirei. Nunca vou poder recuperar o que nós duas perdemos.

Talvez eu mereça ficar sozinha.

Capítulo 91

Minha mãe não discute quando digo que não quero ir para a faculdade no dia seguinte. Também não me pergunta o que aconteceu — ela me conhece bem o bastante para perceber os sinais de quando não quero falar sobre o assunto. Em vez disso, anuncia que encontrou uma nova psicóloga e que tenho consulta marcada para quinta-feira.

Quinta de Terapia. Não parece sonoro. Talvez seja um sinal do destino, mas é um sinal que ignoro.

Me tranco no quarto e me enfio debaixo das cobertas. Minha mente ainda repassa tudo que Rodrigo disse. As palavras que escrevi com Kátia parecem ter uma conotação completamente diferente depois que eu o ouvi lendo. Parecem confissões e relatos de alguém desequilibrado, de uma pessoa que tenta vender uma ideologia corrompida para alguém.

Estremeço. Aquela pessoa sou *eu*. O que isso diz sobre mim?

Ironicamente, mesmo não querendo dizer nada para minha mãe, ainda quero conversar. Mais do que tudo, na verdade, quero conversar com *Kátia*. Me apoiei tanto nela nos últimos meses que saber que ela está incomunicável agora me deixa com uma estranha sensação de vazio. Ela é a única amiga que tive em muito tempo, a única que realmente me entendia. Não as amizades falsas do colégio. Não a compreensão fingida do terapeuta. Um entendimento raro, mútuo, um elo que havia se forjado por meio de inúmeras pequenas coincidências.

Não, me corrijo. Ela não foi minha única amiga. Havia mais alguém, embora estejamos longe de ser as amigas que um dia fomos. Mas ela me ajudou várias vezes, mesmo quando eu não quis ser ajudada. Eu posso não ter o perdão de Rodrigo nem o de Kátia, penso, mas talvez possa conversar com alguém que tente me enxergar. Alguém que não fuja.

Pego o celular e procuro o número dela. Meu orgulho me diz para não ligar, mas estou sozinha, carente e perdida. Não sei mais a quem recorrer. Clico e espero discar.

—Alô? — É um rapaz quem atende ao terceiro toque. O namorado, imagino.

— Alô, é… posso falar com a Priscila? — digo, me sentindo ridícula. Parece uma piada que a única pessoa com quem posso falar seja alguém de quem me afastei tanto, para começo de conversa. Realmente cheguei ao fundo do poço.

— Quem é? — pergunta o rapaz, e ouço uma voz ao fundo repetindo a mesma pergunta.

— É a Ana Eduarda — respondo. Ele fica mudo por um momento.

— Só um instante. — Ouço o som indistinto de vozes, embora eu não consiga definir o que dizem. Logo em seguida, ouço o telefone sendo passado de mão em mão.

—Alô? — diz Priscila, e mordo o lábio. Eu não devia ter ligado. Por que liguei? — Duda?

— Sou eu — digo. — Tudo bem?

— Tudo. E com você? — pergunta casualmente. Será que ela está realmente tranquila ou só fingindo tranquilidade quando na verdade não quer falar comigo? Logo me dou conta de que estou sendo paranoica e chacoalho a cabeça.

— Tudo. — Prendo a respiração por um segundo. Preciso parar de mentir. — Na verdade, não.

— Ah. — Eu a ouço suspirar; não um suspiro de tédio ou de aborrecimento, mas de preocupação. — O que houve?

— Acho... — Fungo um pouco, as lágrimas ressurgindo. — Acho que estou doente.

De novo, sussurro mentalmente. *Ainda*. Mas não falo.

O silêncio dela é tão longo que meu coração dispara.

— Pri? Você ainda tá aí?

— Tô. — Ouço ela suspirar e pigarrear. — Eu só não... — Outro suspiro. — Desculpa, eu só não achei que fosse escutar isso. Na verdade, faz muito tempo que *quero* escutar isso, e, agora que você disse, não...

Ela não completa, e a frase inacabada deixa um gosto agridoce em meus lábios. No final, não importa.

— Vocês estavam certos — interrompo, os soluços começando a aparecer. — Você, minha mãe, o Enzo, todo mundo. Eu entendo vocês agora. Eu sou maluca. Eu não consigo manter ninguém por perto. Ou as pessoas vão embora, ou ficam tempo o suficiente para se infectarem com a minha loucura.

— Ah, Duda... — É tudo que ela diz. Eu soluço.

— Eu destruí tudo, Priscila. Tudo. Minha vida, minhas amizades, a vida da Kátia...

— Kátia? Quem é Kátia? — pergunta.

Quando dou por mim, estou botando para fora todos os acontecimentos dos últimos meses, de conhecer Kátia no trote a vê-la desmoronar diante dos meus olhos. Falo sobre como a incentivei, como a levei para o abismo, tudo porque não sabia sofrer sozinha.

— Duda, para, nada disso é verdade! — exclama Priscila — Você é tão vítima quanto ela. Por tudo que você falou, a Kátia já estava doente muito antes de você chegar. Não foi nada que você fez.

— Foi, sim! Eu piorei tudo, eu sempre pioro tudo, Pri! Eu sou um monstro!

— Não é, não! — exclama Priscila, a voz estranha, embargada. — Duda, isso não te define. Você não é uma pessoa ruim só porque está passando por um momento ruim. Você é mais do que isso. Você é mais forte do que essa doença.

— Você acha que estou doente? — pergunto de repente, me sentando na cama. Ouço Priscila respirar fundo do outro lado da linha.

— *Você* acha? — retruca.

— Não sei — murmuro. Olho para o lado, para os vidrilhos na minha parede. Eles refletem um rosto vermelho e inchado, tão feio que desvio o olhar. — Como a gente sabe que está doente?

— Quando a gente sente que precisa de ajuda — responde Priscila, sem titubear.

Eu me levanto com o celular ainda na orelha. Vou até a porta do meu quarto e a fecho, me encarando no espelho.

A primeira coisa que vejo é uma garota enorme, para cima e para os lados. Tão grande que transborda para fora do espelho. Tão larga que ocupa o quarto todo. Mas ela já não é tão clara como antes. Há uma névoa que a cobre da cabeça aos pés, e está cada vez mais difícil enxergá-la. Me aproximo, uma das mãos segurando firme o celular contra a orelha e a outra se apoiando na porta.

Minhas mãos são pequenas, de dedos curtos e roliços. Elas se conectam a punhos largos, que parecem inchar cada vez que olho para eles. Meus braços são gordos e flácidos, mas quanto mais os encaro, menos grotescos parecem. São só braços, digo a mim mesma. Só braços.

Coloco o celular na cama e tiro a blusa e a calça. Cada centímetro de mim é gordo, dos seios ao pescoço, das panturrilhas à barriga. Esse é o corpo de uma pessoa doente? Não estou fina como Kátia, com as costelas aparentes e um vão entre as coxas. Não sou como as garotas nos folhetos sobre anorexia no consultório da engordadora. Não sou como as Garotas Fortes.

Mas também não sou uma Menina Saudável.

Olhe, Duda, olhe, digo a mim mesma. Olhe para as suas unhas, quebradas até os talos, para o estado deplorável dos seus cabelos, para a falta de brilho nos seus olhos. Olhe para o que você não consegue ver, para a dor na garganta e para o sangue, para o coração acelerado e para a falta de ar.

Olhe

para

dentro,

olhe

o que

você

fez

com

você.

Pego o telefone de novo. Priscila ainda está na linha.

— Obrigada. E me perdoa — digo, baixinho. Quase posso ouvi-la sorrir.

— Não tem nada pra perdoar — responde. — Eu nunca vou soltar a sua mão, tá? Prometo. Mesmo se você tentar largar a minha.

— Nunca mais, Pri. Nunca mais.

— Temos um pacto, então.

Sorrio. Me parece bom, mais saudável do que os últimos pactos que andei fazendo. Um recomeço.

Não estou sozinha.

Capítulo 92

É Quinta de Terapia.

Mamãe falta ao trabalho para me acompanhar. O consultório dessa psicóloga nova fica um pouco mais distante da minha casa, mais perto do centro de São Paulo. No caminho, mamãe explica que combinou com o escritório de trabalhar de casa às quintas-feiras para me levar, caso eu me adapte, até ela sentir que já posso ir sozinha. Penso em discutir que *sou capaz* de ir sozinha, mas desisto. Sei que ela não tem motivos para confiar em mim. Eu também não confiaria.

O consultório fica em um prédio comercial simples, onde fazem um cadastro rápido com nossos nomes, documentos e uma foto antes de autorizarem nossa subida. Pegamos o elevador até o 5º andar e saímos para o lado direito, para a sala de número 52.

A recepção é quase toda branca, com uma parede pintada de verde-claro atrás da mesa da secretária, à direita da porta. Há um sofá de aparência confortável de frente para a mesa e exatamente oposto à entrada, uma porta que suponho ser do consultório. Um homem de cabelos grisalhos espera

Para Ana, com Amor **269**

no sofá, fazendo palavras cruzadas, e toda a recepção tem um cheiro suave de aromatizante. O rádio está ligado baixinho numa estação de músicas antigas.

Enquanto minha mãe fala com o recepcionista — um rapaz de vinte e poucos anos e cabelos escuros e escorridos —, vou me sentar. Dou uma olhada nas revistas disponíveis; além de histórias em quadrinhos, tem revistas de decoração e algumas de notícias, mas nenhuma revista de fofocas ou de corpo e bem-estar, como as que eu costumava ler no antigo terapeuta. Pego uma ao acaso e começo a folhear.

Sou chamada em menos de vinte minutos. Levanto e dou uma boa olhada na psicóloga antes de seguir. Uma mulher negra, de grossos cabelos escuros cortados na altura dos ombros; ela parece gentil. *Não tem como ser pior do que meu último terapeuta*, penso. Respiro fundo e vou.

O consultório é tão claro e arejado quanto a recepção, embora o ar aqui dentro cheire menos a aromatizante e mais a limpeza. Tem uma mesa no canto esquerdo, com cadeiras na frente e uma atrás e um sofá próximo à janela. Estantes repletas de livros, brinquedos, papéis e lápis de cor ocupam a parede oposta à porta. Entro analisando o ambiente, como quem procura por algum sinal de ameaça, mas não encontro nada.

— Ana Eduarda. Bem-vinda — diz a psicóloga quando entro. — Eu sou a Suzana.

— Prefiro Duda — falo, num ímpeto de coragem. Ela sorri e acena com a cabeça.

— Duda. Sem problemas. — Estica o braço indicando o escritório. — Pode se acomodar.

Vou até o sofá e me sento. É bastante confortável, mas não me sinto à vontade sequer para recostar nele. Fico ali, sentada, incomodada, ereta e com as mãos sobre as pernas.

Suzana cruza as pernas e apoia as mãos no colo.

— Então, Duda. Me fala um pouco sobre você — começa. A derradeira pergunta.

— Eu... — Dou de ombros e suspiro. — Não sei o que falar.

— Por que não começa pelo básico? — sugere, calma. — Quantos anos você tem?

— Vinte — respondo, encarando minhas unhas. Três delas estão quebradas, fazendo com que meus dedos pareçam irregulares e malfeitos.

— E você está estudando?

— Eu faço biomedicina. Fazia.

— Por que *fazia*?

— Não sei se vou continuar esse semestre. — Penso em Kátia e em Rodrigo e minha garganta se fecha. — Mas não quero falar sobre isso.

— Tudo bem. — Ela parece tranquila, como se fosse exatamente o que esperava de mim. De certa forma, isso me acalma. — Aquela que veio com você é sua mãe, sim?

— É.

— Você tem irmãos?

— Não que eu saiba — digo, um gosto amargo invadindo minha boca. — Somos só nós duas.

Suzana não diz nada, mas, pela primeira vez, sinto vontade de falar. Então falo.

— Meu pai abandonou a gente quando eu tinha três anos — conto, e começo a puxar pedacinhos de cutícula com meus restos de unha só pelo prazer da dor física. — Minha mãe me disse que ele tinha morrido, mas descobri a verdade quando tinha doze anos. Ele não me quis.

— E você chegou a procurá-lo depois disso? — pergunta Suzana.

— Pra quê? — Balanço a cabeça e, por fim, cansada da minha posição, me ajeito no sofá. — Se ele quisesse me ver, teria voltado. Não preciso dele.

Não preciso de ninguém, completo mentalmente. Mas sei que não é verdade. Não o procuro porque tenho medo. Porque não quero que me rejeite agora que sou velha o suficiente para entender.

— E como foi crescer só com a sua mãe? — pergunta Suzana, e fico aliviada em saber que ela não vai insistir no tópico do meu pai, apesar de duvidar que essa seja a última vez que falaremos do assunto.

— Foi normal. — Puxo um fio solto da minha blusa e brinco com ele entre os dedos. — Meus avós ajudaram bastante. Mais a minha avó. Meu avô ajudava, mas ele e a minha mãe não se davam muito bem.

— Por que não?

— Porque minha mãe ficou grávida aos dezesseis anos e meu avô não aceitou. Ele quase a botou pra fora de casa. — Respiro fundo. — Mas ele sempre foi legal comigo, pelo menos. Minha mãe sempre disse que eles fizeram as pazes, mas não acredito muito nisso. Meu avô é muito orgulhoso.

— E sua avó?

Continuamos falando sobre minha família durante o resto da consulta. Suzana é muito mais leve do que meu antigo terapeuta, além de ter muito mais tato do que ele — ou talvez seja só eu quem tenha mudado. Ainda desvio de assuntos sobre os quais não quero falar ou não tenho nada a dizer, e ela não insiste. Percebo que Suzana guia a conversa com perguntas simples, mas que parece genuinamente interessada no que tenho para contar. Em nenhum momento toca no assunto corpo, o que me tranquiliza. Saio do consultório menos tensa do que quando entrei, e quando mamãe me pergunta o que achei, digo apenas:

— Acho que posso me acostumar com ela.

Capítulo 93

Minha mãe vai à faculdade na semana seguinte pedir o trancamento da minha matrícula. Me sinto um tanto infantil por colocar minha mãe para cuidar de algo que eu poderia resolver sozinha, mas a ideia de pisar naquele campus mais uma vez sequer me deixa com uma enorme crise de ansiedade. Não quero correr o risco de cruzar com Rodrigo pelos corredores, e também sinto que preciso de um tempo para cuidar de mim mesma antes de me preocupar com outras coisas. Talvez um dia eu volte, mas agora não é o momento.

Com tempo livre em mãos, começo a me dedicar a outras coisas. Passo a acompanhar minha mãe todos os fins de semana ao abrigo de animais abandonados para ajudar no que posso. A realidade triste dos bichinhos, junto ao carinho que eles me dão, me ajuda a me desconectar um pouco dos meus próprios problemas. Começo a acompanhar uma série sobre médicos. Estudo. Tento voltar a ler.

Tem tanto tempo que eu não sou nada. Tantos sentidos em que fiquei vazia. Acho que não percebi a falta que outros alimentos da vida me faziam enquanto me preocupava em me esvaziar por completo. Agora preciso de alguma coisa pra preencher esse buraco que eu mesma criei dentro de mim.

Os remédios ajudam, apesar dos efeitos colaterais. Tenho dores de estômago frequentes e dificuldade para estabelecer uma rotina saudável de sono. Mas, aos poucos, sinto como se uma névoa se dissipasse diante dos meus olhos. Não estou exatamente menos triste ou menos ansiosa, apenas mais consciente; é como se minha vida toda tivesse sido um sonho de olhos abertos e agora eu conseguisse distinguir a realidade do imaginário. Não é muito, mas é um começo.

Pouco tempo depois, volto ao consultório médico. Há uma bateria de exames a serem refeitos, entre eles, uma nova endoscopia para avaliar os danos sofridos no meu estômago e esôfago graças aos vômitos forçados. Em meio aos exames, descobrimos não apenas que a parede do meu esôfago está tão fina que estava prestes a se romper, como também descobrimos uma insuficiência cardíaca. Tudo, diz a médica, fruto da anorexia atípica.

Anorexia. *Anorexia*. A-no-re-xia.

Repito várias vezes para mim mesma. O som da palavra parece inadequado. Quando discuti com a médica dizendo que era gorda demais para ter anorexia, ela me disse que a doença é um quadro clínico, não um corpo. Não soube o que responder. Achei que receber um diagnóstico de alguma forma tornaria tudo menos doloroso, mas só dá um nome. Não sou maluca. Tenho um transtorno.

Não, me corrijo. Estou doente. Não *sou* doente. *Estou*. Mas posso me curar.

Quero.

Vou.

Capítulo 94

Várias sessões passam até que Suzana e eu cheguemos no assunto *comida*. Ela passa semanas preocupada em conhecer cada aspecto da minha infância e adolescência, dos meus amigos às coisas que eu gosto de fazer. Ela entra no assunto pelas beiradas, perguntando o que comi no almoço e se está sendo difícil comer agora que eu estou recomeçando o tratamento. Dou de ombros.

— Sempre é difícil — digo. Ela mexe a cabeça, curiosa.

— Por quê? Você não sente vontade?

Abro um sorrisinho irônico. *Vontade!* Vontade é tudo que mais sinto ultimamente. Vontade de tudo, fome de tudo. Talvez isso seja parte do problema. Sou tão vazia por dentro que a fome nunca passa, o abismo nunca é saciado. Vou precisar engolir o mundo até meu corpo explodir para tentar apaziguar esse buraco dentro de mim.

Digo isso a Suzana, e ela balança a cabeça como se entendesse. Ela sempre parece entender, e sempre me questiono se entende mesmo ou se estou projetando. Ela respira fundo.

— Então é isso que comida significa pra você? Preenchimento? — pergunta, me pegando de surpresa

— Não.

— Então o que é?

— Fraqueza — respondo, na lata. Ela mais uma vez faz aquele movimento com a cabeça, me encarando com olhos intrigados. Respiro fundo antes de explicar. — Eu queria não precisar, entende? — digo, e falar me deixa tão ansiosa que começo a balançar uma perna. — Queria não precisar de comida como não preciso de outras coisas. Se fosse opcional, acho que eu não me sentiria tão pressionada o tempo todo.

— De que outras coisas você acha que não precisa?

Penso nisso por um instante. Tantas coisas. Dinheiro. Fama. Pessoas.

Pessoas.

Não é verdade, é? Preciso de pessoas. Preciso da minha mãe, que me impediu de desmoronar completamente. Preciso de Suzana, em quem estou aprendendo a confiar. Preciso de Priscila, alguém que não desiste de mim. Preciso de Kátia, em quem penso todos os dias, ansiosa por notícias que sei que jamais virão.

Mais do que tudo, preciso de mim mesma. Se eu me abandonar, estou perdida. Ninguém vai poder lutar por mim se eu for embora.

Olho para Suzana. Desvio o assunto. Ela nota, mas não faz perguntas. Ainda é cedo. Sei que não vai demorar muito até que isso volte a me perseguir.

Para Ana, com Amor   277

Capítulo 95

É vinte e cinco de julho. Meu aniversário.

Foi um dia turbulento. Mamãe comprou um pequeno pedaço de bolo para comemorarmos, e comi de bom grado. Depois disso, passamos pela nutricionista. Ela me pesou, mas não me contou, parte do novo tratamento que procura não me ligar tanto a números. Mas, naquele dia, não funcionou; me senti inchada, enorme, suja. Culpei o bolo. Me tranquei no banheiro. Tentei vomitar. Um ciclo se reiniciando.

Não desta vez.

Mamãe me convenceu a sair depois de meia hora. Não cheguei a fazer nada contra meu corpo, e fomos direto para o consultório de Suzana para uma consulta de emergência. Lá ela praticou alguns exercícios de respiração comigo e conversamos muito sobre os números na minha vida — nas calorias, no peso, e agora na idade. Sobre o que havia mudado do último vinte e cinco de julho para cá.

Conversar fez com que eu me sentisse melhor, mas a sensação de peso não me abandona. Não é a primeira vez que tenho um episódio desses — tive meus momentos nos últimos meses. Nenhum tratamento é um mar de rosas. Mas todos os dias me proponho a superar. Desta vez não vai ser diferente.

Capítulo 96

É quinta e estou no consultório de Suzana. Agosto ainda está no início e o clima está frio; eu me encolho no sofá, abraçando a mim mesma e tremendo, apesar de a janela estar fechada e não haver nenhuma corrente de ar. Não é por isso que estou tremendo. Tremo porque, após meses, tem um post novo no perfil de Kátia.

Conto isso a Suzana. Já chegamos ao ponto em que ela quase nunca precisa me fazer perguntas para que eu diga alguma coisa. Falei espontaneamente sobre Kátia há algumas semanas, pois queria falar sobre os Dez Mandamentos da Magreza e não havia como desassociar uma coisa da outra. Na ocasião, Suzana me fez uma pergunta sobre a qual eu nunca tinha pensado.

— Por que vocês resolveram fazer essa lista? — quis saber. — O que te motivou?

— Foi ideia da Kátia. Era pra ajudar a nos mantermos na linha — respondi, sucinta. — Pra ajudar a gente a não desistir.

— E você acha que ajudou? — questionou Suzana, calma como sempre. — Hoje, olhando pra trás, você acha que ajudou alguém?

Não. Não ajudei Kátia, e definitivamente não ajudei a mim mesma. Travo uma batalha diária contra a minha própria mente, e só Deus sabe como Kátia está agora. Penso nela todos os dias desde aquela manhã em que achei que a tinha perdido. Entro no perfil dela mais vezes do que gosto de admitir, mas ele permaneceu intocado durante todo esse tempo, sem posts, sem comentários, sem nada.

E, agora, uma atualização. Depois de tanto tempo, pela primeira vez. Não tenho certeza se quero ler.

— Por que não quer ler? — pergunta Suzana com um olhar curioso. Remexo no zíper do casaco, sem dizer nada por um tempo.

— Porque estou com medo — admito, por fim. — Porque estou aqui e estou tentando, mas não sei o que aconteceu com ela. Estou com medo de abrir o post e descobrir que ela ainda está doente.

— E por que você se incomoda em saber se ela está doente? Você ainda está doente também — aponta, mexendo no cabelo.

— Eu sei. Mas estou tentando. — Crispo os lábios e suspiro. — O que aconteceu com ela foi culpa minha.

— Você me disse que ela já tinha alguns hábitos antes de te conhecer.

— Sim. Mas ela piorou por minha causa. Porque eu a *ensinei* a piorar. — Cubro o rosto com as mãos. Toda a situação de Kátia me deixa enjoada. Lembrar dela e do que fizemos me põe numa espiral de dor e frustração que não consigo colocar em palavras.

— Acho que você precisa enfrentar isso, Duda — diz Suzana, após um longo minuto de silêncio. — Precisa enfrentar o que quer que Kátia tenha escrito, e precisa enfrentá-la também. Vocês não se falaram mais desde o acidente?

— Não. Eu queria, mas o Rodrigo cortou o contato entre nós duas. Posso até mandar mensagem, mas ela não vai nem ver.

— E com o Rodrigo, você tem falado?

Rodrigo. Rodrigo e sua pinta ridícula no rosto. Rodrigo e seu jeito brincalhão, porém dedicado. Rodrigo, que foi para Kátia tudo que eu precisava que alguém tivesse sido para mim.

Eu posso mesmo vê-lo de novo? Tão cedo? Não sei se estou pronta. Não sei se algum dia estarei pronta.

— É só uma sugestão — prossegue Suzana, ajeitando uma ruga invisível na calça. — Você não tem que fazer nada se não achar que está pronta. Mas, quando conseguir, tenho certeza de que vai se sentir melhor.

Capítulo 97

Penso muito no que Suzana me disse nos dias que se passam, mas é só no domingo da semana seguinte que resolvo enfrentar meus demônios. Sei que jamais estarei cem por cento pronta para o que está por vir, mas também sei que preciso de um fechamento. Nós duas precisamos.

Pego o celular e abro o perfil de Kátia. É estranho, como se eu estivesse traindo a mim mesma por fazer isso, mesmo que eu já tenha feito a mesma coisa à espera de notícias várias vezes nos últimos tempos. Meu coração acelera e meus dedos tremem, a respiração saindo rápida enquanto espero carregar. Parece que a sala está se fechando sobre mim, e eu seguro forte na beirada da mesa, como se fosse cair a qualquer momento. É só uma crise, digo a mim mesma. *Vai passar.*

O último post é uma foto dela em preto e branco. Ela está de costas, usando uma jaqueta jeans. Não há nada além dela e do céu aberto. Engulo em seco e me preparo para ler.

Eu sei, andei meio sumida. Me questionei algumas vezes se deveria falar sobre isso aqui, mas acho que já evitei o assunto por tempo demais.

Estou doente. Há dois meses, fui diagnosticada com anorexia e bulimia nervosa.

Alguns de vocês talvez já soubessem. Talvez tivessem notado nas entrelinhas das minhas dietas cada vez mais extremas, da minha rotina de exercícios cada vez mais agressiva ou da minha aparência cada vez menos saudável. Mas muitos de vocês (e é por esses muitos que estou aqui) enxergavam meu perfil, minha imagem e meu estilo de vida como um exemplo a ser seguido. Não é.

Dois meses atrás, fui reanimada por uma equipe de paramédicos no chão do meu apartamento. Passei vários dias internada, sendo alimentada pelas veias, porque meu estômago estava machucado demais para aceitar comida. Como uma criança, tive que passar por uma reintrodução alimentar. Mais de uma vez, vi meu próprio reflexo e pensei que deveria ter morrido naquela tarde, porque seria mais fácil do que ter que enfrentar o que estou enfrentando agora. Mas ganhei uma segunda chance. Não vou desperdiçá-la.

Nesse momento, estou de volta à casa dos meus pais, sendo cuidada por uma equipe multidisciplinar que está tentando me ajudar a tratar essa doença, que custei tanto a aceitar. Voltei a ler alguns posts antigos daqui como parte da terapia. Choro por mim e por todos que se apoiaram em mim como um exemplo a ser seguido. Choro pelos nossos corpos e pelo que fizemos com eles. Se pudesse voltar atrás, perceberia os alertas. Pediria ajuda antes. Mas como não posso, vou pelo menos tentar desfazer uma parte das burradas que fiz. Começando por aqui.

Então este post é um recomeço. Desde que comecei a me tratar, pensei várias vezes em largar tudo, em deletar todas as minhas redes sociais e me preservar. A internet pode ser um lugar horrível às vezes. Não sei como você aí que está lendo isso vai receber esse post. Talvez me critique. Talvez me apoie. Talvez um pouco dos dois.

Ainda não sei o que vou fazer, mas decidi que posso usar minha voz em meio a esses alguns milhares de seguidores nessa terra virtual sem lei para dizer algumas coisas boas, para variar. Para pedir que você que está lendo pare de confiar em conselhos milagrosos e pare de destruir seu corpo em busca de uma meta impossível. Pedir para que você que, como eu, já chegou longe demais, busque ajuda. Ninguém mais pode te ajudar além de você mesma. Perceba antes que seja tarde. Acredite em mim, você não vai querer esperar.

Sejam fortes. Lutem contra a doença, não contra vocês mesmas. Amem-se.

Com amor,

Kátia

Fecho a aba aos prantos e preciso de vários minutos para me acalmar. Tento pensar nessa nova Kátia em recuperação, mas só consigo me lembrar da Kátia frágil chorando no banheiro, da Kátia se punindo quando sentiu fome, da Kátia que via em mim sua própria salvação. Mal sabia ela que eu sequer podia salvar a mim mesma.

Vou até o quarto e pego meu antigo caderno da faculdade e uma caneta. Sento no sofá da sala e começo a escrever.

"KÁTIA,

Estou há meses querendo falar com você. Não achei que fosse ter coragem até ler seu post. Confesso que tive medo, mas sei que precisamos disso, nós duas. Então vamos lá.

Sinto muito, Kátia. Sinto muito pelo que fiz com você e pelo que a ajudei a fazer consigo mesma. Sei que minhas desculpas não valem de nada — o que está feito está feito. Todo mundo me diz que o que aconteceu com você não é culpa minha, mas estou custando a acreditar. Assim como a sua piora foi minha responsabilidade, minha recaída também tem um dedo seu. Juntamos nossas dores, nossos desesperos, nossas obsessões e caímos juntas. Nunca quis que você se ferisse, assim como sei que você jamais desejou meu mal. Mas estragamos uma à outra, e agora lidamos com as consequências.

Quero que saiba que me orgulho muito de você por ter quebrado o ciclo e por ter aceitado ajuda. Sei que não deve estar sendo fácil — esses dois meses têm sido os mais difíceis e sacrificantes da minha vida também. Mas vai melhorar e ficar mais fácil, e uma hora seremos novas pessoas, com novas vidas e novos futuros. E quem sabe, nesse futuro, a gente possa se encontrar outra vez.

Fique bem. Fique forte. Viva.

Com amor,
Duda"

Capítulo 98

Vou sozinha até a faculdade na segunda-feira. É um tiro no escuro tentar encontrá-lo ali, ainda mais na primeira semana de aula, e pode ser que ele se recuse a falar comigo, mas preciso tentar. Rodrigo é meu único elo com Kátia.

Chego na hora do intervalo e vou direto para a lanchonete onde nós três costumávamos passar o tempo. O cheiro de café e as pessoas comendo à minha volta me incomodam, mas já não causam a mesma repulsa de antes. Procuro-o em cada mesa e na fila também, sem sucesso. Estou quase desistindo quando o vejo se aproximando, conversando com um colega.

Tiro a carta da bolsa. Eu a coloquei em um envelope para evitar amassar, sem nada escrito por fora além do nome dela. Me aproximo e Rodrigo ergue as sobrancelhas, surpreso ao me ver. Ele parece diferente; deixou a barba crescer e aparou o cabelo. E não parece prestes a gritar comigo, o que encaro como um bom sinal.

— Oi — falo, a boca subitamente seca. Giro o envelope nas mãos só para ter algo para fazer.

— Oi — retribui, parecendo desconfortável. Rodrigo joga o peso de uma perna para a outra várias vezes. O colega entra na lanchonete sem esperar por ele.

— Eu não quero te átrapalhar — falo rapidamente. — Só preciso te pedir uma coisa.

— Sim?

Respiro fundo e estendo a carta. Rodrigo olha do envelope para mim sem entender.

— Eu sei que você me pediu pra ficar longe dela, mas... Eu preciso disso. E acho que Kátia também — digo, e balanço o envelope até que Rodrigo o pegue. — Ela não precisa responder. Não precisa nem ler agora se não quiser. Só quero que você entregue pra ela. Tudo bem?

Rodrigo pega a carta e a encara por alguns segundos, balançando a cabeça.

— Tudo bem — responde, finalmente. Solto o ar devagar, aliviada.

— Obrigada — falo, e já começo a me afastar. — A gente se vê.

— Duda?

— Sim?

— Você está bem? — pergunta. Não por educação, noto. Por interesse. Sorrio.

— Melhorando — digo. Trocamos um último olhar e então seguimos nossos caminhos, cada um o seu.

Capítulo 99

Hoje, Suzana me pediu para escrever três verdades a meu respeito.

Ponderei muito sobre isso. Há tantas verdades sobre mim que preciso aceitar. Mas quanto mais penso no assunto, mais sei o que devo escrever.

1. Meu peso não precisa ser a coisa mais importante sobre mim;
2. Estou doente;
3. Vou me curar.

Capítulo 100

Hoje faz um ano desde que fui hospitalizada pela primeira vez. Um ano desde aquele dia fatídico na academia do prédio. Um ano desde que a luta começou.

Acordo particularmente deprimida e choro boa parte do dia, fugindo de todo e qualquer reflexo no meu caminho. Não sei dizer se minhas lágrimas são por quem eu sou agora ou por quem eu era um ano atrás. Talvez não faça diferença. Para a Duda de agora existir, outra precisou morrer. Sou uma fênix; renasci do que sobrou de mim mesma.

Não é quinta, mas ligo para Suzana mesmo assim porque preciso conversar. Passo a maior parte do tempo falando sobre as mudanças desse último ano e sobre as expectativas para o ano seguinte. Quando ela me pergunta quais são os meus planos para os próximos 365 dias, digo a verdade, para variar: ficar viva. Continuar forte. O resto ainda não planejei.

No final da ligação, Suzana propõe que eu faça um exercício diferente. Que eu tente me despedir da minha doença como se ela fosse uma presença física, uma pessoa da qual posso me afastar. Se eu pudesse falar com a anorexia, o que diria a ela? Como diria? Suzana me pede para pensar a respeito e trazer algo na próxima consulta.

Penso nisso pelo restante do dia, e mais à noite me dou conta do que preciso fazer. Pego o celular e escrevo três cartas, uma para cada momento dessa jornada. A última soa como um adeus, mas sei que está mais para um até logo — por mais que eu queira, minha doença não é alguém com quem posso cortar relações, um telefonema que posso escolher não atender. É todo dia, hora após hora, em cada detalhe. Na garfada a mais que dou, na roupa que visto, no reflexo que vejo no espelho, nas coisas que digo a mim mesma.

Não somos mais amigas, minha doença e eu. A jornada até a separação completa é longa.

Mas agora estou disposta a lutar.

Para Ana:

Hoje foi um dia ruim. Tenho muitos desses. São tantos que às vezes acho que nunca mais vou conseguir sair desse buraco sujo e fundo onde me enfiei.

Mas nem tudo é escuridão. Existem dias bons. São dias em que não me odeio. Dias em que não quero morrer. Dias em que me esqueço de que quase consegui. E é a esses dias, tão raros e distantes, que eu me prendo.

Ana, esta é a última carta que estou te escrevendo. Sei que já passamos por isso, mas falo sério dessa vez. Ninguém está fazendo minha cabeça — sou eu. Finalmente acordei, e nunca mais quero fechar os olhos de novo. Não quero mais ser sua amiga (e algum dia fomos?). Apenas não ouso dizer que vou te esquecer. Não quero. Quero me lembrar de você em todos os dias bons, para saber de onde vim, pelo que passei e ao que sobrevivi. Graças a você, sou uma guerreira. Vou levar essas marcas de guerra comigo para sempre. Não posso te agradecer por elas, mas posso honrá-las, dia após dia, fazendo de tudo para que sejam as últimas.

Com amor,
Duda

Agradecimentos

Como tantas coisas nesse livro, os agradecimentos também são meio irregulares. Cá estou eu, escrevendo eles antes mesmo de terminar de revisar. Não me levem a mal. Foi uma batalha e tanto.

Antes de tudo, preciso agradecer ao time incrível de profissionais de saúde que mantiveram a minha sanidade para que eu pudesse trabalhar nessa história ao longo dos últimos sete anos. Aos meus psicólogos nesse período — Eliana, Sorandra e Erick —, obrigada por fazerem seu trabalho de me cutucar do jeito certo para que eu pegue mais leve comigo mesma. À minha psiquiatra, dra. Mariana, não fosse a sua paciência em me ajudar e me guiar pelo complicado processo da medicação, eu talvez não estivesse inteira o suficiente para conseguir trabalhar. Fernanda, minha nova melhor amiga que me ensina mais todos os dias sobre como lidar melhor com a nutrição, nem sei o que seria da minha jornada sem você. Obrigada.

Alba, eu nunca vou te agradecer o suficiente por ser mais do que minha agente. Esse livro literalmente só existe por sua causa. Da resiliência em me obrigar a escrever algo que eu não queria ao esforço de não desistir enquanto não visse esse livro publicado, você é a melhor companheira profissional que eu poderia querer! Obrigada por não desistir de mim!

Ao maravilhoso time da Alt, obrigada por fazerem eu me sentir em casa! Verônica, a gente mal teve tempo de trabalhar juntas, mas todos os seus *insights* e opiniões foram valiosíssimos para mim! Ser sua autora, mesmo que por pouco tempo, foi uma honra! Paula e Agatha, muito obrigada por abraçarem esse projeto e me deixarem tão confortável para admitir que eu não tenho ideia do que estou fazendo aqui! Nada seria possível sem o trabalho incrível que vocês fazem! Ao Rodrigo Aus, obrigada pelo apoio técnico no fechamento desse livro, que levantou tantas questões importantes que tornaram essa versão final o que é! E para todo o pessoal da editora que eu ainda nem conheço, mas já considero muito, muito obrigada!

Meus leitores, que esperaram pacientemente esse dia chegar: eu vejo vocês e eu estou com vocês! Esse sonho é nosso! Em especial à presidente do fã clube da Duda, Letícia Gabriella, você é top! Obrigada por me acompanharem em mais essa jornada!

A todos os meus amigos e familiares, vocês seguraram uma barra danada! Mãe, desculpa ter te assustado fazendo você achar que alguém tinha morrido quando assinei o contrato, eu estava só muito emocionada! Para Helena e Leandro, que tantas vezes seguraram a barra de me garantir que eu sobreviveria a esse processo, obrigada. Leo, Lucy, Susi, May, JP, Anninha, Gabri, Babi, todas as meninas do NICV, Karla, Bia Klimeck, Iris, Thereza: vocês foram abrigo e inspiração, talvez sem nem saberem. Obrigada por me aguentarem quando nem eu me suportava!

E, por fim (será mesmo o fim? Tenho a sensação de que vou reescrever isso aqui várias vezes), gostaria de tirar um parágrafo para agradecer a mim mesma.

Larissa do passado, eu sei que você odiou cada segundo dessa experiência. Escrever esse livro foi um parto do início ao fim. Mas um dia, daqui a não muito tempo, quando abrir essas páginas e reler, quero que se lembre de que você é muito mais forte do que se dá crédito. Você chegou até aqui, e eu me orgulho muito de você por isso.

E se você que está lendo chegou até aqui e se viu na Duda: você não está sozinhe. Busque ajuda. Seja forte. Lute. Eu acredito em você.

Para Ana, com amor

Para Mia, com amor

Querida Mia,

Queria dizer que nós não somos mais amigas. Já faz algum tempo desde que a gente se falou pela última vez. Mas, com você, é tudo meio imprevisível. Tem dias bons e dias ruins, dias incríveis e dias em que parece que nada mudou.

Não sei se algum dia vou deixar de ouvir a sua voz. Espero que sim.

Mas eu não estou escrevendo porque estou com saudades. Estou escrevendo porque queria que você soubesse que, apesar das muitas vezes em que tentei voltar atrás e desistir de tudo, eu ainda estou lutando. Não sei mais há quantos dias, quantas horas ou quantos minutos, mas isso não torna essa luta menos válida. Esse tempo, assim como outros números na minha vida, não é nada além de um conceito abstrato para medir uma coisa que não me define.

Eu não sou você. Eu não estou naqueles doces a mais, nem nas roupas maiores. E eu não me tornei uma pessoa pior por deixar de me atormentar para caber na sua caixa. Ela é pequena demais para uma vida inteira, Mia. Eu não quero passar o resto dos meus dias me encolhendo para pertencer — nem à sua caixa, nem a lugar nenhum.

Não sei se posso te dizer adeus. Todos os dias eu tento. É um desafio diário, de pouco a pouco, de recomeços. Às vezes me sinto fraca por ter que tentar tanto, mas, sempre que duvido de mim, me lembro de um tempo em que eu me vi tão grande que me senti desaparecer. Não quero nunca mais sumir daquele jeito, Mia.

Hoje e para sempre, eu quero ser vista.

Com amor,
Larissa

**Confira nossos lançamentos,
dicas de leitura e
novidades nas nossas redes:**

 editoraAlt
 editoraalt
 editoraalt
 editoraalt

Este livro, composto na fonte Fairfield,
foi impresso em papel pólen natural 70g/m² na gráfica Coan.
Tubarão, Brasil, agosto de 2023.